LE PAIN PERDU

un récit d'Edith Bruck

Du même auteur

Aux Éditions Kimé

Signora Auschwitz : le don de la parole, traduit de l'italien par Patricia Amardeil, 2015

Qui t'aime ainsi, traduit de l'italien par Patricia Amardeil, 2017 (éditions Points, 2022)

Lettre à ma mère, traduit de l'italien par Patricia Amardeil, 2018

Aux Éditions Rivages

Pourquoi aurais-je survécu ?, traduit de l'italien par René de Ceccatty, "Petite bibliothèque", Poèmes, 2022

Le Pain perdu

Traduit de l'italien
par René de Ceccatty

Edith Bruck

Éditions
du sous-
sol

Titre original
Il pane perduto

Cet ouvrage a été publié pour la première fois en 2021
par La nave di Teseo editore, Milan

Conception graphique : gr20paris

ISBN : 978 2 36468 609 0

La storia
quella vera
che nessuno studia
che oggi ai più dà soltanto fastidio
(che addusse lutti infiniti)
d'un sol colpo ti privò dell'infanzia

L'histoire
la véritable
que personne n'étudie
qui aujourd'hui ennuie la plupart
(qui a entraîné des deuils infinis)
d'un seul coup t'a privée d'enfance

Nelo Risi

La petite fille aux pieds nus

Il y a très très longtemps, il était une fois une petite fille qui, au soleil du printemps, avec ses petites tresses blondes virevoltantes, courait les pieds nus dans la poussière tiède. Dans la ruelle, dite Six-Maisons, du village où elle habitait, il y en avait qui lui disaient bonjour et d'autres non. Parfois, elle s'arrêtait et elle se glissait en catimini dans la cave où était souvent enfermée et attachée Juja qu'on disait folle, mais l'enfant, elle, pensait que Juja était à peine différente des autres jeunes femmes et, avec son petit cœur débordant de pitié, elle écoutait ses plaintes contre sa méchante famille qui ne l'avait pas laissée épouser son petit ami Elek.

Elle aurait voulu caresser Juja, même si elle était sale, mais quand elle s'approcha, non sans peur, Juja lui arracha le ruban rouge qui attachait une de ses tresses, et, avant qu'elle ne lui ait arraché l'autre, l'enfant s'enfuit, inquiète à l'idée d'être grondée par sa mère et par sa sœur aînée, Judit, qui jouait les mères en second.

Les plus grandes de ses sœurs se trouvaient dans la capitale où elles étaient apprenties couturières, et son frère aîné habitait dans une ville moins importante. À la maison était resté avec elle encore un frère tout pâle, plus grand qu'elle qui était donc la benjamine, souvent appelée Boulette, car elle était la dernière des six frères et sœurs vivants : on lui avait donné ce surnom, à cause des petites boules de pâte que leur mère raclait au fond du pétrin.

"Boulette, tais-toi", lui disaient-ils si elle comprenait trop bien ce qu'on disait, au lieu de Ditke qui était son diminutif.

Quand elle courait dans le village, certain paysan moustachu excitait contre elle son chien et quand elle harcelait sa mère de trop nombreux "pourquoi ?", celle-ci n'avait pas le temps de lui répondre, tout au plus levait-elle son regard bleu-violet vers le ciel en lui disant :

— Demande-le-Lui, à Lui, et remercie-Le qu'un hiver de plus soit passé et que le bois humide ne pleure plus dans le poêle. Et ton ruban, ton ruban ? lui avait-elle hurlé dès qu'elle était revenue à la maison, comme si elle avait perdu une jambe.

— Je l'ai égaré, égaré, mentait-elle.

Ne pouvant dire la vérité, parce que sa mère, quand elle avait découvert qu'elle était allée retrouver Juja la folle, n'avait guère hésité à lui flanquer une gifle ou à l'envoyer au lit sans dîner, sachant bien que cette petite morveuse de dernière-née, qu'elle avait "chiée au monde" (c'étaient ses termes, quand elle était exaspérée), était attirée par les fous, par les vieux, assis dans la rue au premier rayon de soleil et par les bègues baveux qu'elle voulait comprendre. Elle avait une curiosité malsaine, mais sa mère devait admettre que c'était la première de la classe, malgré les lois raciales, que le village n'appliquait pas à la lettre. Et les trois élèves juives, tout en étant reléguées au dernier rang, ne subissaient pas ces lois avec la même sévérité que dans les villes. La petite Ditke était assise près de ses deux coreligionnaires : Piri, fille de la mercière Roth, Eva, fille du marchand d'épices Reisman et elle, fille de Stein Schreiber, d'un père qui, faute d'autres revenus, conduisait les bêtes des autres pour les vendre au marché de la ville voisine, pour un gagne-pain de misère.

Piri la regardait de travers, parce qu'elle était trop pauvre à cause de son père, qui, contrairement au sien à elle, Piri, barbu et frisé, avait l'aspect d'un *goy* et fréquentait rarement la petite synagogue. Eva, la douzième fille d'un père orthodoxe, était une amie. Mais quand pour un devoir sur le printemps Ditke se retrouva la seule de sa classe à être récompensée, et qu'elle explosa presque de bonheur, toutes les élèves l'envièrent. Ce jour-là, elle ne marchait pas, mais elle volait jusque chez elle, en brandissant son prix qui consistait en une carte postale avec une hirondelle en couleurs et avec cette phrase inscrite au verso : *À ma meilleure élève, la plus méritante*, signée Tarpai Klara, la maîtresse. En chemin, Ditke hurlait de joie : “Maman !” Les gens, les voisins apparaissaient aux portes, il n’y avait que sa famille qui semblait avoir disparu, et arrivée à l’entrée, Ditke vit sa mère et sa sœur au soleil dans la cour, en train de vider les coussins de leur duvet.

— Chut ! Qu’est-ce que tu éventes dans ta main, qu’est-ce que tu éventes ? Tu ne vois pas, baisse tes mains, ne souffle pas ! Ramasse tout de suite une par une les plumes que tu as fait voleter !

— Regardez, regardez ! Elle agitait encore la carte postale, en montrant la phrase écrite au verso et en créant un nouveau nuage.

— Il n’aurait plus manqué que ça, que tu ne sois pas récompensée ! Tu ne fais que réciter des poésies, au lieu de tes prières ! marmonnait sa mère, mais avec un regard bienveillant et un sourire tout juste esquissé, capable de changer son expression sévère en une douceur magique qui lui rendait beauté et jeunesse.

— Et toi, maman, tu me donnes aussi une récompense ? Un baiser !

Elle lui demandait ce cadeau, rare, sauf à l’occasion de deuils, de départs et d’arrivées. Quand sa mère était allée au mariage de sa deuxième fille, Mirjam, qui avait épousé un jeune Polonais qui avait fui son pays. Et quand son père, avec une médaille militaire, était revenu à la maison, exclu de l'armée, en 1942. Et quand était morte sa grand-mère maternelle qui était tellement, tellement vieille aux yeux de Ditke, qui avait douze ans, et qui fixait ce corps immobile par terre, enveloppé dans un linceul blanc jusqu'au moment où, sur deux planches, on l'avait emportée au petit cimetière près de la maison d'Eva, mais ni le père d'Eva, ni celui de Piri n'étaient présents parce qu'on disait de chacun d'eux qu'il était *kohen*[01]. La petite Ditke énumérait tristement pour elle les noms des familles juives du village : Szàmeth, les deux Gorsz, Kràmer, Klein, Printz, Weisz, les deux Reisman, Ròth et Bieber, le frère de sa mère. Seuls les trois membres de la communauté, sans barbe et sans frisettes, étaient venus.

— Ils sont nobles, papa ? demanda-t-elle à son père.

— En tant que prêtres. Ils méditent, étudient, ce sont des *kohanim* et ils font des dizaines d'enfants, murmurait-il.

— Et ils ne se souviennent même pas de leurs noms, commentait sa mère.

— Ne discutez pas ici maintenant ! s'interposa Ditke en serrant la main maternelle, qui était toute chaude et douce, pendant qu'elle

01 — Juif orthodoxe. Littéralement “dévoué, dédié” ou “prêtre”. *Kohen* au singulier, *kohanim* au pluriel. Le terme désigne les descendants masculins d'Aaron, fils de Moïse, de la tribu des Lévi. (*Toutes les notes sont du traducteur, sauf indication contraire.*)

essayait de déchiffrer la prière rituelle qui commençait.

— Que Son grand nom soit béni pour toute l'éternité. Que Son règne advienne durant votre vie et durant l'existence de tout le peuple d'Israël...

Au nom d'Israël, sa mère, qui jusque-là avait eu les yeux secs, avait éclaté en sanglots qui ne pouvaient ne pas parvenir jusqu'au ciel. Et son père serrait contre lui sa femme comme il ne l'avait jamais serrée, en répétant son prénom Frida, Friduska (en hébreu Deborah). Et, dans un bonheur étrange, insolite, uni, les trois enfants s'agrippaient à leurs parents : Judit, la plus religieuse, Jonas, le plus pâle, et la petite Ditke. Sara, Mirjam et David ne revenaient que rarement à la maison.

Après une semaine de deuil rituel, assise par terre et veillée surtout par Judit, la mère s'était relevée, écrasée de douleurs. Au lieu de marcher, de se dégourdir les membres, elle fixait son regard sur le peignoir de la grand-mère, qui ne le lui laissait jamais nettoyer. Elle l'avait pris dans ses mains tremblantes et, troublée par la vue d'une des deux poches raccommodées, elle appelait ses enfants près d'elle comme si cette poche avait caché quelque chose de laid ou de sacré, ou encore un trésor secret.

Peu à peu, avec ses lunettes, elle avait commencé à tirer sur un fil, sombre comme le tissu du vêtement où la figure de la grand-mère de plus en plus petite s'était perdue. Le fil s'était décousu au premier contact et, en retenant leur souffle, tous voulaient voir ce qu'il y avait à l'intérieur.

La mère, non sans crainte, en y glissant sa main et sans en croire ses yeux, devant plusieurs billets de banque, avait émis un soupir sonore et ambigu : "Ah, ah, ah !" Les enfants restèrent bouche bée et, à la vue des deux alliances en or et d'une chaînette avec l'étoile de David, ils crièrent de joie, alors que leur mère, en tenant ces bijoux entre ses doigts, pleurait.

— Grâce à eux, dit-elle en levant la main, nous construirons une nouvelle petite maison avant que cette vieille bicoque ne s'écroule sur nous. Ce n'est pas la bonne période pour le faire, mais... votre oncle, mon brave frère Berti, nous accueillera dans sa grande maison dans le quartier des gens bien et des autorités redoutées : la Mairie, la Gendarmerie, le juge et maître Rinkó. En deux mois, vous aurez sur la tête un toit avec des tuiles rouges, pas ce chaume pourri ! Et c'est ce qui arriva.

Le père, Judit et Ditke, avec l'aide d'un bohémien de leurs amis, écrasaient de leurs pieds nus l'amalgame pour faire les briques de torchis.

Le soleil brillait comme jamais. Les nuages s'éloignaient sous les yeux scrutateurs de la mère qui cousait en plein air.

De l'aurore au crépuscule, ils travaillaient tous. Ditke, pour la première fois, attendait avec angoisse la fermeture de l'école pour l'été, et parlait de la maison comme si cela avait été un château, sans se rendre compte que ce ne serait qu'une seule grande pièce, une cuisine et puis, peut-être, un petit débarras.

Dans le village, parfois, arrivait même un journal, que Gyula passait au père de Ditke, et il le lisait sans le montrer ni à ses enfants, ni à sa femme, qui était dans une constante alerte contenue.

Il y avait aussi un petit bonhomme avec un tambour, qui annonçait les nouvelles mondiales, appelant l'attention de la population en frappant de ses baguettes : c'étaient surtout des femmes en noir, des écoliers et des vieux qui l'écoutaient. Ditke ne manquait jamais de se joindre à eux, attentive aux annonces du petit bonhomme qui parlait de la glorieuse armée allemande et hongroise, et des Alliés qui combattaient en Russie, à Koursk : sa langue fourchait, sa voix était étouffée sous les roulements de tambour, les nouvelles devenant confuses et incompréhensibles pour cet auditoire de demi-analphabètes.

Les enfants riaient, les vieilles faisaient le signe de croix, les hommes secouaient leur tête blanche en jurant et en crachant leur chique.

Ce qui étonnait Ditke, c'était qu'elle était la seule Juive présente dans ce petit cercle : les autres savaient donc déjà tout cela ? Pourquoi restaient-ils chez eux, que craignaient-ils autant ?

Le toit rouge resplendit bientôt et le saule pleureur verdoyait derrière la fenêtre de l'unique pièce où dormaient les trois enfants, alors que papa et maman partageaient un petit lit dans la cuisine.

La maison était petite, mais le bonheur grand. Le dernier jour d'école, Ditke, éclatante de fierté, fixait des yeux le toit comme la boussole qui lui ferait trouver un trésor.

Ce n'est pas qu'ils se soient trouvés mal chez l'oncle Berti, remarié – après quelques mois de veuvage – avec une jolie veuve encore jeune, Jolanka, qui avait un fils adolescent, Ervin, qui poursuivait avec insistance Ditke : il voulait l'entraîner dans le bois, derrière la digue fluviale de la Tisza. Le garçon malicieux la provoquait comme s'il était déjà un homme et elle une femme :

— Une femme ! avait dit la mère quand Ditke, épouvantée, était accourue vers elle, les jambes ensanglantées. À partir de maintenant, tu es une femme, et tu auras cette chose-là tous les mois.

Elle lui indiqua l'écoulement sans rien dire d'autre et sans prononcer le nom de pubis, comme si cela avait été l'endroit de la honte.

À cause de ce garnement, elle se sentait mal chez l'oncle qu'elle aimait, mais elle ne dit rien, pas même à Judit, parce que cette dernière reprochait à sa sœur de trop se regarder dans le miroir et qu'elle l'appelait, en grimaçant, "la belle au miroir".

Le brave oncle était propriétaire d'un magasin avec une auberge adjacente et souvent le père de Ditke, Adam, Shalom en hébreu, allait y prendre une bière ou un godet de *pálinka*[01], ce que sa sœur critiquait.

— Mais sois gentille, Frida, lui répondait son frère, replet et de taille impressionnante. Adam fait ce qu'il peut, où as-tu vu écrit qu'un pauvre homme doive entretenir six enfants ? Je n'ai qu'une fille et ma petite-fille adorée Erika, pas un seul garçon et je ne me plains de rien, et ne crois pas que je sois meilleur que ton mari, je suis seulement un peu plus chanceux.

Le discours de son frère aîné, un de ses innombrables propos, avait attendri le cœur de la sœur et pendant quelque temps l'idylle régna dans la maisonnette. Jusqu'à ce qu'un jour Ditke soit revenue à la maison en larmes, parce qu'un de ses camarades-amis ne lui avait pas dit bonjour. Les parents, muets, ne savaient pas comment répondre à ce désespoir. Le père, taciturne comme toujours, quand quelque chose le mettait en colère, était sorti en faisant claquer la porte. La mère, chargée

01 — Eau-de-vie hongroise, de prunes, pommes, poires, abricots, coings ou cerises.

de s'occuper des enfants, entre de profonds soupirs, l'assurait que ce n'était rien, simplement une blague, une taquinerie de garçons. "Non, non", avait hurlé Ditke, et sa mère, ravalant ses larmes et ses mots, la serra contre elle, comme si ce contact avait eu l'effet d'une baguette magique.

En s'entendant dire "Ditke, Ditke", ses sanglots se calmèrent, elle oubliait tout et la vie lui souriait de nouveau et dans son cœur assombri le soleil resplendissait. Judit allait lui dire quelque chose, mais, obéissant à un regard de leur mère, elle avait gardé la bouche close. Or, derrière le silence de leur père et la soudaine démonstration d'amour de leur mère, Ditke avait perçu quelque chose de grave. Depuis sa toute petite enfance, elle rejetait tout ce qui pouvait la faire trop souffrir, elle ne voulait ni le sentir, ni le voir, peu lui importait qu'on la juge superficielle et insuffisamment préparée aux petites ou grandes adversités de la vie. Elle jouait. Elle étudiait. Elle imaginait un avenir d'adulte heureuse, riche, en mesure d'aider ses parents : avant tout, remplacer les dents manquantes de maman, soigner les douleurs osseuses que papa devait à la guerre, et payer l'opération de l'appendicite pour son frère tout pâle que le médecin du village ne venait pas ausculter.

La nuit, toutes sortes de pensées, de projets et une réserve d'espoir se bousculaient dans sa tête, mais est-ce que cela suffirait pour toute une vie ?

Une des rares fois où ses deux sœurs aînées étaient revenues à la maison de Budapest, Mirjam la brune, mariée et déjà enceinte, lui avait rapporté sa première vraie poupée, et elle fut folle de joie. Elle était au septième ciel, elle sautait comme si elle avait eu des ailes et maman lui disait qu'elle pourrait même attraper un oiseau au vol. Sara, la blonde aînée, semblait avoir honte de leur pauvreté. Elle paraissait étouffer de rage, mécontente, sérieuse, elle se sentait moins belle que Mirjam, qui était badine et légère. Pour Ditke, elles n'étaient pas seulement jolies, mais d'élégantes habitantes de la capitale où elle les rejoindrait bientôt.

La première grande et véritable épouvante, ils la ressentirent tous quand Judit était revenue à la maison après être allée chez l'oncle Berti, toujours secourable, qui habitait près de son ancienne école, et lorsque le maître Rinkó, qu'elle avait croisé, affichant un sourire sarcastique, lui avait lancé “Heil Hitler !”. L'effroi dans les yeux, ils l'écoutaient comme si cela avait été le nom du démon ; la cuisine, les murs blancs se couvrirent d'ombre, ce nom flottait dans l'air comme une tache obscure. Ni Ditke, ni Jonas, ni Judit ne savaient bien qui il désignait. Seuls leurs parents le savaient, mais comment le dire aux enfants et que dire ? Avec ce salut, une ombre permanente était apparue, un brouillard s'était étendu dans les âmes, faisant taire tout commentaire et interdisant toute lumière.

Un juron échappa au père qui cracha :

— Ce lâche de Horthy [01], cet assassin de Szálasi [02] ne nous suffisaient donc pas ! et comme d'habitude, il sortit en claquant la porte.

— Que le bon Dieu nous préserve d'eux ! murmurait la mère. Ils ont infecté ce trou boueux d'ignorants. Le monde est malade, mes enfants, le mal a contaminé toute l'Europe. Mais n'ayez pas peur, Dieu ne nous abandonnera pas à ces chiens enragés qui incitent même les braves gens à commettre les crimes les plus atroces.

— Maintenant je comprends ce que disaient un groupe d'adolescents dans la rue à mon passage, réfléchissait Ditke tout haut, avant de chantonner :

01 — Miklós Horthy (1868-1957), amiral conservateur et nationaliste qui dirigea, en tant que régent de Hongrie, le pays de 1920 à 1944, et se rallia immédiatement au nazisme. Toutefois, il résista à livrer les Juifs et fut destitué par les Allemands.

02 — Ferenc Szálasi (1897-1946), chef du Parti des Croix fléchées. Il dirigea le royaume de Hongrie du 16 octobre 1944 au printemps 1945, dans un gouvernement d'Unité nationale. Militaire, il avait fondé un parti politique d'inspiration fasciste et une doctrine appelée "l'hungarisme".

Éljen a Szálasi meg a Hitler
üssök a zsidót a bibacsökkel
egy cini két cini
megdöglött a förabi
Bátorság éljen Szálasi[01] *!*

— Et ne chante pas ! Mords-toi la langue ! criait sa mère et la petite Ditke se la mordait jusqu'au sang et pleurait de douleur.

— Ce n'est pas moi qui l'ai inventée !

Et sa mère lui faisait se rincer la bouche avec du vinaigre pour qu'elle ne saigne plus. Comme quand elle s'était blessée au genou chez Eva à cause du père de cette dernière qui, un samedi après-midi, avait surgi à la porte, dans une longue tunique blanche et l'avait chassée parce qu'il ne voulait pas de la fille d'un père aussi peu orthodoxe.

— Maman, qu'est-ce qui se passe ? Pourquoi ils ne veulent pas de nous ? Nous aussi, on est hongrois, non ?

— Pour eux, non. Rien que des Juifs. Nous sommes juifs. Notre patrie, notre Terre promise, c'est la Palestine, affirmait la mère, en

01 — *Vivent Szálasi et Hitler*
fouettons le Juif avec un nerf de taureau
un cini deux cini (onomatopées sans signification)
le rabbin en chef a crevé
courage (salut fasciste)
Vive Szálasi ! (*Note de l'auteur*)

prenant le ton d'une conteuse. Oh, c'est le paradis terrestre qui nous attend là-bas, à bras ouverts. Là-bas, tout le monde s'aimera, les riches comme les pauvres, les grands comme les petits, comme si nous formions une seule même et grande famille.

— Et quand est-ce qu'on y va, maman ?

— Ça viendra, l'heure viendra, maintenant calme-toi, la mer Rouge se rouvrira devant nous...

— Je ne te crois pas, je ne te crois pas, tu es une menteuse, maman, tu ne me dis pas la vérité !

— Tu traites ta mère de menteuse ? Toi ! La dernière de mes enfants, mais pourquoi je t'ai mise au monde ?

— Ce n'est pas moi qui te l'ai demandé. Tu aurais pu m'épargner.

Mère et fille qui regrettaient évidemment les phrases qu'elles venaient de prononcer se regardèrent en silence. Ditke, qui avait entendu cent fois les contes sur la Terre promise qui les attendait, voulait, du fond du cœur, croire sa mère, mais cette "heure" était extrêmement lointaine, même pour son imagination fertile.

— Maman, je ne voulais pas... bégayait-elle en faisait un pas vers la figure aimée. Et elle, levant les yeux, disait à son interlocuteur de chaque instant quelque chose en yiddish que Ditke tentait de comprendre et, sur un ton de conciliation, qui sait pourquoi, pour la première fois demanda à sa mère si Dieu aussi parlait yiddish.

— Bien sûr ! s'exclama sa mère avec conviction, et Ditke était partie dans un éclat de rire où se mêlaient ses pleurs. Tu es devenue folle ?

Elle craignait vraiment pour la santé mentale de sa petite, à l'humeur trop changeante. Et l'atmosphère, dans la nouvelle maisonnette, le silence lui-même, l'air étaient en train de se faire menaçants.

Les vacances d'été n'étaient pas faites de jeux, de courses avec les deux amies de Ditke ; Lenke, la petite sœur d'Endre, rapportait les journaux de la ville, qui n'étaient lus que par le père, et aussitôt finissaient dans le poêle. Lenke, qui avait son âge et qui était sa voisine la plus proche, et Ditke se retrouvaient de moins en moins souvent. L'excuse que cette Lenke avançait était le travail. Mais Ditke et Judit aussi devaient travailler, elles étaient journalières, elles ramassaient les pommes de terre, récoltaient le maïs, cueillaient les fruits pour en récupérer une partie, selon la générosité des propriétaires terriens. Leur mère également, tout en souffrant de la chaleur, les accompagnait. Le père manquait désormais de propositions de travail, car la population tout entière s'appauvrissait.

Pour l'auberge de l'oncle Berti, non plus, ça n'allait plus comme avant. La guerre avait décimé les habitants du village ; les vieux fumaient plutôt qu'ils ne buvaient, les femmes priaient dans la grande église protestante et se laissaient consoler par le pasteur très humain, qui était marié et avait deux beaux enfants. Le curé catholique, lui, ne venait qu'une seule fois par semaine, pour donner des leçons de catéchisme, il était sévère, répressif et allait jusqu'à gronder Ditke quand elle répondait à la place de ses camarades.

— Tais-toi, toi ! Ça ne te regarde pas ! Répète cinq fois *Notre Seigneur Jésus-Christ est ressuscité* !

— Je n'ai pas le droit ! balbutiait la pauvre Ditke, terrorisée.

— Alors va-t'en !

Et elle, écrasée de honte, volait vers sa maison. Pas comme quand elle agitait la carte postale-récompense avec l'hirondelle, mais avec les yeux brouillés de larmes.

Sa mère l'interrogeait en vain : elle ne parvenait pas à parler, elle ne voulait pas raconter ce qui s'était passé, car le nom du Christ ne se prononçait jamais chez eux. Elle préférait mentir, prétendre qu'elle avait reçu cinq coups de fouet sur les ongles parce qu'elle avait bavardé avec Eva pendant la leçon d'Histoire.

— Ce n'est pas une tragédie, ne sois pas désespérée, la consolaient sa mère, sa sœur et son frère.

Tous se montraient si gentils et affectueux, comme s'ils avaient deviné la vraie raison de ces larmes : un énième épisode d'un racisme contagieux.

L'ombre qui flottait chez eux et au-dehors devenait de plus en plus noire et pénétrante.

Le soleil d'été ne semblait pas réchauffer les âmes. Même les fleurs dans les jolis jardinets étaient assoiffées et plus personne ne chantait comme avant, le soir, dans les cours, les si belles chansons populaires, alors qu'on écossait le maïs séché et qu'on détachait les feuilles des branches de menthe. Le silence se faisait de plus en plus menaçant, seuls les adolescents psalmodiaient cette chanson que Ditke avait répétée à sa mère qui lui avait dit de se mordre la langue. Mais Ditke ne lui avait pas avoué qu'elle avait riposté à ce chant en inversant les paroles et en disant : "À bas Szálasi et Hitler !"

Elle savait que sa mère serait inquiète à l'idée qu'on le lui fasse payer. Les Juifs allaient à la synagogue, la tête baissée, ils rasaient les murs comme des voleurs ou des clandestins. Parfois, les jeunes leur tiraient la barbe ou les envoyaient dans les fossés.

S'ils se rendaient à l'unique pompe d'eau potable, ils étaient repoussés en queue de la file d'attente et il n'était pas rare que l'on crache dans leurs seaux. Contre les Juifs, tout devenait légitime pour les villageois, et le plus petit d'entre eux se sentait puissant, en imitant les adultes.

La peur, que les parents tentaient de dissimuler aux plus jeunes de leurs enfants, s'exprimait par une impatience, une nervosité, des interdictions de sortir ou de se défier à la course dans les ruelles. Ou de descendre au-delà de la digue fluviale, dans le bois plein de mûres, de baies et d'oseille que Ditke cueillait pour la sauce que préparait sa mère. Le bois recelait quantité de trésors comestibles, de brindilles sèches pour le poêle et de bois à voler pour les longs hivers glacés. C'était un terrain de jeux, avec des coins secrets pour les jeunes amoureux. Et dans la partie intérieure de la digue fluviale, le long des habitations, une piste pour les luges faites maison.

La digue était la destination de tout le monde, surtout le dimanche à la sortie de l'église, les vieilles paysannes avec leurs fichus sur la tête et leurs longues jupes sombres paraissaient suivre un enterrement. Ditke demandait souvent à ses parents ce qui se passait et les accablait de “pourquoi ? pourquoi ?”. Sa mère lui répondait par des soupirs muets, son père disait que tout serait terminé à la fin de la guerre et que le mal ne gagnerait pas, que l'Allemagne qui avait empoisonné l'Europe devrait succomber et qu'elle était déjà à terre, à l'agonie.

L'été s'enfuit dans un éclair, comme s'il n'avait pas eu lieu. Le soleil était froid, hostile, l'air d'automne entrait par la fenêtre qu'une main invisible avait brisée avec une pierre lancée à la fronde.

— La vitre ! Mon Dieu, la vitre ! se désespérait sa mère. Que Dieu fracasse les mains du coupable, que...

— Calme-toi, ce ne sont que des gamins, Frida, ils jouent. Je la ferai réparer par Gyula, maintenant je vais boucher le trou avec du carton. Tes malédictions sont aussi vaines que tes prières.

Aussi bien que son mari, ses enfants la consolaient inutilement, Judit la plus écoutée et Jonas le plus protégé.

Ditke retrouvait souvent le collégien Endre. Et à l'école, elle récitait avec ferveur, comme tous les autres, les vers patriotiques. Des hymnes au Dieu des Hongrois, comme s'il avait existé ! Et le martyre du peuple toujours bafoué.

Tout en n'étant considérée que comme une Juive, elle laissait échapper quelques petites larmes pour son Pays, où elle était née et où elle courait, heureuse, pieds nus dans la poussière.

L'automne précoce, selon sa mère, était voulu par Dieu comme tout le reste, et débouchait bientôt dans un des hivers les plus glaciaux jamais connus, toujours l'œuvre de Dieu pour punir Ses créatures qui agissaient contre Ses commandements et même en Son nom. Le monde régressant dans la barbarie.

— Maman, maman, cesse d'attribuer à Dieu tout le Bien et jamais le Mal. Dieu n'est-il pas tout à la fois bon et méchant ? Maman, il n'y a rien de juste. Explique-moi pourquoi à l'école Piri et Eva sont absentes !

— Elles ne peuvent pas y aller, mais toi, si, grâce à ton père et à ses médailles obtenues dans les guerres mondiales, pour la Patrie, le pauvre malheureux.

— Sois gentille avec papa. Je suis si heureuse quand je lui lave ses pieds fatigués ou son dos maigre et jeune comme celui d'un gamin. Papa est mon amour. Le tien aussi ?

Sa mère eut un sourire doux-amer. Ditke demandait et voulait tout savoir et en même temps c'était une petite fille qui se cajolait toute seule : elle parlait avec sa poupée, elle disait au saule de ne pas pleurer, elle adorait tout ce qui sortait du sol, même l'odeur de la terre. Et elle réfléchissait beaucoup, mais sa mère prenait sa sensibilité pour une faiblesse et à la maison on l'appelait “Mademoiselle je-sais-tout”.

Sur l'absence de ses camarades, personne ne donnait la moindre explication à la maison. Seule la bonne maîtresse Tarpai Klara lui disait, en voyant son regard perdu tourné vers leurs places vides, “je suis désolée”, avec l'expression de quelqu'un qui n'est pas en mesure de faire quoi que ce soit.

Noël même était pressé d'arriver et les cris des cochons sous les coutelas étaient comme une alarme de douleur universelle, intolérable à entendre. Cette sirène d'agonies terribles qui résonnaient dans tout le village déchirait le cœur et les oreilles.

L'habituelle neige immaculée ne tombait pas même pour vêtir de blanc les arbres, les toits et les ruelles boueuses. Comme si le ciel ne savait plus quoi faire : pleurer avec la pluie ou éclairer la vue de ses joyeux flocons dansants. Tout était gris, presque noir, les jours et les nuits se ressemblaient.

— Le ciel même ne veut plus rien fêter, murmurait maman au lit, pendant qu'arrivaient des bruits du dehors, que la peur glaçait le sang de chacun, qui ne se calmait qu'en entendant les premières notes de musique.

— Ils sont venus ! Ils sont venus chanter comme à chaque Noël ! hurlait Ditke. Ce sont eux mes amis, écoutez, écoutez !

Pour la naissance bénie
de Notre Seigneur Jésus-Christ
chantons des vers angéliques
pour la sainte fête
des vers qui dans les champs de Bethléem
résonnaient depuis longtemps ainsi :
que règnent gloire et élévation pour les hommes
de bonne volonté pour tous les peuples
et nations.

— Maintenant ils présentent leurs vœux !
— Que Dieu nous donne d'autres soirs de Noël, mais moins tristes, plus joyeux, et de bons vœux venus du cœur.

Comme d'habitude dans le village on distribuait des piécettes et des biscuits aux enfants qui chantaient sous les fenêtres et pour la première fois père et mère, délivrés de l'effroi inconnu, leur offraient ce peu qu'ils avaient sans discuter.

Ditke, même si elle ne la célébrait pas, aimait la fête de Noël pour les arbres décorés de noix, de bonbons et de pommes enveloppées dans du papier d'argent et d'or et la petite bougie au sommet, avec sa flammèche qui ajoutait un peu de lumière à celle des lampes à pétrole.

L'arbre le plus beau et le plus brillant que l'on pût admirer était toujours dans la grande maison de la petite Lenke, où Ditke, plus que pour l'arbre, se rendait, pour voir le collégien Endre revenu pendant ses vacances scolaires.

Elle s'imaginait déjà en mariée à ses côtés, mais ce n'était pas un jeu comme en font les tout petits, et elle était désolée que ce ne puisse jamais se faire, car il était catholique et elle juive. Dommage, que de belles poésies ils auraient pu lire ensemble au lit ! Ils aimaient tous les deux étudier, lire les mêmes poètes – lui s'identifiait au poète qu'ils lisaient ensemble, et elle à la femme que le poète aimait –, et rester à se regarder était un enchantement. Et le père d'Endre, qu'elle appelait oncle Gyula, semblait les bénir en leur faisant un clin d'œil.

Le silence de Noël fut soudain interrompu par les roulements sinistres du tambour. Et le petit bonhomme qu'on aurait cru de neige, mais à la voix plus énergique que d'habitude, avait rendu publique la nouvelle que les Juifs après six heures ne pourraient plus sortir de chez eux, ni quitter le village, ni voyager. Les adultes le savaient-ils déjà depuis longtemps ? se demandait Ditke et finalement elle avait compris l'absence de tant de parents, oncles et tantes et autres relations familiales, à l'enterrement de la grand-mère.

Sur le village était descendu un silence tout blanc. Les faibles lueurs dans les petites maisons paraissaient être des lumignons de tombes. La neige soudaine et abondante bloquait les issues. Les vitres des fenêtres étaient recouvertes de givre et à l'intérieur tout le monde pleurait en même temps que le bois mouillé dans le poêle.

— Qu'est-ce que Dieu veut encore de nous ? demandait la mère avec un soupir dans la pénombre. Veut-Il nous mettre à l'épreuve ? Et ses questions restaient suspendues dans l'air enfumé.

Sur la bouche du père tremblaient des jurons retenus. La mère ordonnait à Ditke, de plus en plus maigre, de sortir par la fenêtre pour remplir de neige les seaux, afin d'avoir de l'eau dans la maison, étant donné que l'unique fontaine était glacée.

L'oncle Gyula était venu dégager la porte avec un de ses paysans et ils avaient tous les deux enlevé la neige à la pelle. Ditke sauta de joie quand ils ouvrirent la porte et l'intérieur s'était soudain illuminé de cette blancheur extérieure qui les aveuglait presque.

Le souffle des deux hommes était comme un nuage et, avant que ne tombe la neige de leurs bottes hautes sur le sol de terre battue, ils s'en allèrent.

— Dieu vous bénisse, leur dit la mère en guise d'au revoir, avec une infinie gratitude.

Le père leur serra la main avec force.

— Tu vois, maman, tu vois : après le mal vient le bien, après la pluie le beau temps, après les ténèbres la lumière, après...

— Tu récites une de tes poésies ?

— Non, maman, c'est la vie qui l'a écrite, pas moi.

— Appelle ça la vie...

Le père, comme défait, humilié, s'était rassis à la table de la cuisine, la tête entre les mains.

— Papa, papa ! chantonnèrent ses trois enfants, en dansant, pour éloigner de lui ses pensées noires.

— Adam !

La mère aussi se rapprocha de lui et sur un ton paisible, doux, murmura que c'était l'heure de faire un bon thé avec la neige.

En demi-prisonniers, avec l'aide de l'oncle Berti, ils poussèrent jour après jour jusqu'à la Pâque, la fête de la libération des chaînes de l'Égypte. Grâce à Moïse sauvé des eaux, fils de l'eau, racontait maman, ce qui aux oreilles de Ditke sonnait comme un des contes les plus fantastiques :

— Moïse était fils d'Amram et de Yokébed et aurait dû être tué sur l'ordre du pharaon Ramsès II. En fait, miraculeusement, il a été sauvé par la fille du souverain et élevé à la cour, grandissant comme fils de la princesse. Mais une fois adulte, il a quitté le palais pour voir ses frères esclaves, il a préféré rester avec eux, même s'il était maltraité par le peuple de Dieu. Un jour, il a tué le cruel inspecteur égyptien qui surveillait les travaux et il a dû prendre la fuite. Il s'est marié, il a eu un fils qui s'appelait Gershom et, dans le désert de Madian, l'Éternel lui est apparu… et…, continuait Ditke, s'est révélé à Moïse sous son nom glorieux : "Je suis celui qui est, Yahvé, en hébreu 'celui qui est', j'ai vu l'affliction de mon peuple qui est en Égypte et je suis venu le libérer."

Un petit sourire coquin échappait à Ditke, mais sa mère, d'un regard sévère, lui cloua le bec.

Le ciel se rouvrit pour le treizième printemps de Ditke qui, en se libérant de ses souliers usés, après une longue respiration, courut à nouveau les pieds nus dans la poussière tiède. Mais cette fois-ci, elle était suivie par Juja, la folle qui lui crachait dans le dos, l'insultant avec des gros mots.

Elle n'en souffla mot à la maison, mais durant la semaine de la Pâque juive, elle ne bougea plus. Aussi bien que son père, elle suivait le rituel de fête avec un sérieux et une spiritualité inhabituels, mais privés de joie et de chants. Les enfants supportaient mieux eux aussi que leur estomac soit presque vide, en l'absence de pain, sinon le peu d'azyme qui devait durer huit jours.

Cependant leur brave voisine, Lidi, leur avait aussitôt fait cadeau de farine pour le pain, à la fin de la fête, qui tombait presque toujours en avril, et les mains aimées de la mère travaillaient sur le pétrin, avec des coups de poing et des gifles sur la pâte. Dans les grandes écuelles de bois, durant la nuit, la pâte monterait pour être mise au four à l'aube.

La mère était déjà à demi réveillée pour préparer le feu quand on frappa fort à la frêle porte, et tout le monde se réveilla d'un coup.

Avant même qu'ils n'aient pu demander “Qui est-ce ?”, sous les coups suivants, de plus en plus violents, la porte céda. Dans l'ouverture apparurent deux gendarmes qui leur hurlaient l'ordre de sortir dans les cinq minutes, avec du linge de rechange pour une seule fois, en laissant derrière eux leurs objets de valeur et leur argent.

— Le pain ! Le pain ! criait la mère.

— Vite ! Vite ! répétaient-ils.

Le père en caleçon leur montrait ses médailles de guerre.

— Elles ne valent rien, ni elles, ni toi davantage.

Et ils le jetèrent à terre.

— Papa, papa, réagis, fais quelque chose, toi qui sais tirer, tire donc ! Rebelle-toi ! hurlait la petite Ditke, qu'une gifle sonna.

Tout ce qui se produisit durant ces quelques minutes ne pouvait être une chose réelle pour personne.

La mère parlait des miches à enfourner pendant qu'elle jetait en vrac des vêtements dans l'unique valise et dans des sacs. Ditke cherchait sa poupée qui, dans la confusion, on ne sait comment, s'était retrouvée écrasée sous un des moules pleins de pâte à lever. Judit suivait chaque pas de sa mère comme une ombre bienveillante. Jonas se cachait derrière son père qui s'agitait dans la pièce en quête de rien, et qui était encore en caleçon. Les deux gendarmes parurent à Ditke de plus en plus grands, énormes, ils avaient des rires gras, ils obstruaient l'ouverture de la porte, alors que nous, nous rapetissions.

— Allons, allons, on se dépêche ! aboyaient-ils.

Et ils juraient.

La mère répétait “le pain, le pain !” comme si elle avait voulu dire au revoir aux miches et les défendre, et même en contrôler la levée. Ditke fut la première à être poussée dehors et, hébétée, elle regarda dans la cour la famille des Reisman, avec leurs enfants les plus jeunes, y compris Eva. En plus du pain, la mère appelait ses autres enfants, qui vivaient au loin, Sara, Mirjam et David, comme s’ils avaient pu se trouver derrière la porte démantelée par laquelle tous étaient jetés dehors, pendant que le père s’escrimait à vouloir la fermer.

La raison même paraissait les abandonner et les jeunes gendarmes s’amusaient de ce spectacle.

Avec les Reisman, pour la première fois aussi proches, j’avais échangé un salut muet. L’enfant le plus petit, dans les bras de la mère d’Eva, pleurait, désespéré, et ces pleurs contenaient une douleur pure, universelle. Une douleur et un cri pareils à ceux des cochons de Noël sous les longs coutelas. Les bourreaux qui parlaient dans leur langue les blessaient avec chacune de leurs paroles, en les dirigeant comme si c’étaient des moutons, vers la petite synagogue, où se trouvaient déjà tous les Juifs du village. Ils demandaient silencieux, avec leurs yeux de bêtes épouvantées, “Qu’arrive-t-il, qu’arrive-t-il ?” comme si ces mots, ces questions n’avaient plus ni sens ni valeur. Les seules voix qui comptaient étaient celles des gendarmes qui exigeaient des sous, des objets précieux, des alliances, des montres-bracelets, que bien peu avaient. Ils fouillaient les femmes comme les hommes, ils contrôlaient les ourlets des vêtements, les épaulettes des vestes, avec des exclamations de plus en plus agressives :

— Va-nu-pieds, fripiers, grippe-sous, nez-crochus qui vous pissez dans la gueule, immondes et sales Juifs, du balai, foutez le camp !

— Mais pour aller où, où ? demanda une voix.

— Le train, le train ! Celui qu'a pris Endre ! m'échappa-t-il.

Je devins soudain adulte, quand notre triste caravane de chariots tirés par des chevaux arriva à la gare, après avoir traversé le village où, à notre passage, quelques larmes étaient versées et des signes de croix esquissés derrière les fenêtres fermées.

— Dieu, Dieu, le pain, le pain ! invoquait encore maman, poussée dans le train, au milieu du chaos le plus total, par les gendarmes et par des jeunes aux croix fléchées[01].

Les familles essayaient de rester réunies, et à peine à l'intérieur du compartiment, tout le monde s'écroulait sur les longues banquettes de bois, écrasé par une fatigue millénaire.

01 — Symbole du mouvement fasciste hungariste fondé par Ferenc Szálasi. Voir note 02 page 21.

Dans un silence religieux, on n'entendait que le bruit saccadé des roues du train qui semblait aller vers l'infini.

Le *ta tam*, *ta tam* exaspérait les nerfs, augmentait les battements de cœur et les pleurs du bébé dans les bras de la mère d'Eva, qui finalement, surmontant sa pudeur et se cachant avec une écharpe, lui avait fermé la bouche en lui donnant le sein.

Personne n'aurait pu dire si le voyage durait longtemps ou peu de temps : le temps réel, comme mon enfance, avait disparu et chacun vivait en fonction de sa sensibilité le temps intérieur.

Je voulais retourner dans le ventre de maman et ne plus devoir naître. Judit se montrait forte, Jonas était pâle comme un linge, papa bouillait de colère, sans pouvoir exploser. Maman continuait à invoquer ses enfants éloignés et elle pensait aux cinq miches qui avaient dû trop gonfler et retomber sur elles-mêmes. Les plus religieux murmuraient des prières agaçantes alors qu'un panneau indiquait le chef-lieu local. Le train commença à ralentir et peu à peu il atteignit la gare où nous sommes descendus, avec tous les Juifs de la région.

Avec des hurlements et des gestes brutaux les fascistes armés nous ont emmenés à pied dans un quartier muré de la ville, que beaucoup d'entre nous voyaient pour la première fois.

— Le ghetto ! Le ghetto !

D'une bouche à l'autre, ce mot nouveau courait. L'entrée barricadée fut ouverte et en un clin d'œil les familles, agrippées les unes aux autres, comme des troupeaux, furent amassées dans les maisons déjà à demi occupées par des citoyens de toutes provenances.

Et là, au-delà d'un mur élevé, apparut aussitôt, comme suspendu dans l'air nébuleux d'un avril qui n'avait jamais été aussi froid, un gigantesque étranger à la grosse voix qui hurlait en allemand. Une espèce de Moloch qui ne portait pas la croix gammée que les autres arboraient.

— Le svastika, murmura mon père, effrayé.

Cet aboiement était facile à interpréter pour nous, parce qu'il ressemblait au yiddish que mes parents parlaient entre eux.

— *Geld ! Gold ! Wertigkeit ! Schmutzige, verdamte Hunden*[01] *!*

Ses insultes, je ne les percevais pas autant que celles qui, dans ma langue natale, me blessaient comme des coups de couteau.

D'en haut, il ordonnait à deux fascistes hongrois, qui sortirent de nulle part, de fouiller ces porcs et, avant même qu'ils ne commencent, certains remirent quelque chose de leur propre chef. Surtout les messieurs d'allure bourgeoise, bien habillés, sans barbe ni kippa. Des instituteurs, peut-être, des professeurs, des médecins ?

01 — Argent ! Or ! Objets précieux ! Maudits chiens puants ! (*Note de l'auteur*)

Leur vie avait-elle le même prix que celle des autres ? Est-ce que nous devenions égaux ? Il naquit entre nous un peu de solidarité : il y en avait qui donnaient aux plus pauvres une paire de bonnes chaussures, d'autres un manteau, d'autres un chandail plus chaud, et c'était beau. L'ennemi commun, le destin commun nous avaient-ils unis ?

Les femmes commencèrent à se disputer l'unique cuisine.

La nourriture, fournie par on ne sait qui, était maigre, comme l'espace réduit au minimum. Les nerfs commencèrent à céder et les questions à fuser : jusqu'à quand allaient-ils nous garder ici, quand retournerions-nous chez nous, qu'allaient-ils faire de nous ?

Soudain nous apparut David qui nous raconta son voyage clandestin dans un train de marchandises. Notre joie était grande. Maman à présent pleurait pour ses deux filles aînées, demandant au ciel où elles se trouvaient, ce qui leur était arrivé, et où pouvaient se trouver son frère Berti et ses sœurs, et quel avait été le sort des locataires des maisons à demi vides, avec les marques des cadres arrachés aux murs. Où, où ont-ils fini ?

Vendredi soir, au début de la fête du shabbat, maman découpa une bougie en trois morceaux, les alluma et nous nous sommes réunis à table pour un maigre dîner.

Dans les bruits qui couraient d'une maison à l'autre, il n'y avait qu'une certitude. Dans le ghetto, existait un beau temple ouvert, et le lendemain, sous un soleil inhabituel, haut et d'une chaleur consolatrice, tout le monde est allé prier. La synagogue dominait le toit des autres maisons, comme l'église protestante de notre village. Entre deux prières, tout le monde cherchait des parents, sans les trouver. Où avaient-ils disparu ? Quelqu'un répandit la rumeur de l'existence d'un long train aux wagons de bestiaux qui était parti de ce même ghetto. Il tenait cette information d'un fasciste qui habitait près de chez lui. Le train avait quitté la Hongrie. La nouvelle parut invraisemblable même à mon père, pour une fois optimiste.

— Nous sommes en 1944, les Russes et les Américains sont à nos portes, le nazisme et le fascisme sont à l'agonie.

Les mots de papa étaient de l'or, un baume sur le cœur pour un petit groupe de personnes qui l'écoutaient comme s'il avait été un expert en matière de guerre. Et ils l'interrogeaient, lui demandaient comment il savait ces choses, de qui il les tenait. Personne ne possédait de radio et nous n'avions même plus le petit bonhomme au tambour, ni même un journal. Personne ne pouvait sortir du ghetto.

Les Allemands venaient régulièrement nous insulter et demander des objets précieux, et chaque fois en retiraient quelque chose.

Un jour, un miracle s'est produit ! Derrière le mur, apparut l'oncle Gyula, à la place de l'Allemand, et dans des sacs il descendit vers nous tous les trésors de Dieu : du pain, des pommes de terre, des haricots, des confitures, des légumes, de la farine, des petits pois, des fruits au sirop. Incrédules, nous pleurions tous de joie, papa lui-même avait du mal à retenir ses larmes. J'ai tout de suite demandé des nouvelles d'Endre et de Lenke, comment allait le village, comment allait un malade.

— Et notre maison ?

Il secoua la tête, il se mit un doigt sur la bouche, il craignait d'être découvert, à moins qu'il ne voulût rien dire… Était-il arrivé ici avec la complicité d'un fasciste du village ? Il était très pressé de repartir. Quoi qu'il en soit, notre gratitude, notre étonnement et notre espoir étaient irrépressibles.

— Rappelez-vous, nous dit maman, le bien existe, les saints existent, Dieu existe et Il nous a envoyé Gyula.

— C'est mon ami, précisa papa, et c'est un homme.

Jamais nous n'avions eu une telle abondance de nourriture, et nous l'avons partagée avec les autres familles nombreuses, et il y avait même un cadeau pour le médecin qui s'occupait du ventre douloureux de Jonas.

Pour la première fois, mon anniversaire (le treizième) a été fêté avec un gâteau, mais maman soupirait encore pour le pain perdu.

Il restait encore une semaine de mai, période que j'aimais pour le parfum du lilas que je volais aux arbres, et à la place de l'arrivée libératrice des Russes que mon père avait annoncée, le ghetto fut envahi par des bandes de corbeaux noirs, armés, d'apparence humaine.

Au crépuscule, avec la rapidité de l'extinction des feux, ils nous ont chassés des maisons en hurlant, nous frappant et nous lançant des insultes, dans un mélange de la belle langue hongroise et de l'allemand, maudissant notre race et tous nos ancêtres : prophètes pouilleux, punaises, chancres, ils énuméraient constamment les injures, en surveillant la foule qui avançait sous les regards indifférents des rares passants et de ceux qui restaient enfermés dans leurs maisons.

Il n'y avait plus de temps ni pour pleurer, ni pour parler, on ne pouvait plus que faire attention où l'on marchait, veiller à ce que les tout petits n'échappent pas aux mains tremblantes de leurs parents, et soutenir les plus vieux qui chancelaient comme ivres et aveugles. On aurait dit l'exode d'Égypte, mais sans Moïse, sans que l'Éternel apparaisse, et, à la place de la mer Rouge, ce sont les wagons de bestiaux qui se sont ouverts, dans un bruit déchirant, et le troupeau humain y a été poussé avec violence.

— Bon voyage ! hurlait avec un rictus sarcastique un soldat hongrois en nous jetant un seau pour nos besoins et en levant son bras libre pour exécuter le salut fasciste, il ferma la porte coulissante et le bruit de la barre métallique extérieure était assourdissant.

Entassés à l'intérieur, où nous avions à peine la place de mettre nos pieds, nous entendions résonner les noms des groupes familiaux. Nous étions, nous, tous ensemble.

— Quelle chance, grâce au Ciel ! répétait maman et je lui serrais la main, et je ne l'aurais pas lâchée même si on me l'avait coupée.

À travers les barreaux de la fenêtre, on tentait de comprendre dans quelle direction roulait le train qui s'était mis en marche, par soubresauts sur les rails grinçants.

À la vue du seau, tout besoin physique se bloqua, durant ce voyage vers l'inconnu.

Une seule question hantait notre esprit : "Où nous conduisent-ils ? Où nous conduisent-ils ?" Les rumeurs, muettes comme dans une danse macabre, flottaient dans l'air embué par nos souffles.

Dans une semaine, le doux mois de mai se terminerait, sa lumière caressante s'était transmuée en un bain turc aux parois sombres.

Maman commençait à étouffer et, pour la distraire, David, mon frère chanteur adoré, lui demanda de quoi manger.

Elle s'était ressaisie aussitôt et sortit tout ce qui restait des vivres apportés par l'oncle Gyula. Mais notre village nous semblait déjà loin, dans un ailleurs, avec la porte que mon père avait tenté de fermer. Ce monde-là qui avait été le nôtre était terminé, un endroit digne d'un conte, dans le bien et le mal.

Papa et maman ont vieilli d'un coup, à quarante-huit ans. Et nous, leurs enfants, nous étions du même coup devenus les parents de nos parents.

Je m'agrippais au corps de maman, comme une sangsue à son cou, quand j'avais trop mal à la tête.

Le voyage – qu'on ne pouvait pas vraiment qualifier de tel, mais plutôt de transport de marchandises – ne semblait pas bref, comme cela avait été le cas entre la maison et le ghetto, mais infini, et nous étions agglutinés jour et nuit les uns sur les autres, entre les pleurs, les prières, la peur et la honte de devoir faire nos besoins impossibles à retenir, derrière un manteau tendu.

Soudain, nous avons senti un terrible coup de frein, les portes des wagons se sont ouvertes, et les soldats allemands, le long de la voie ferrée, hurlaient de vider les seaux de merde, et nous avons presque envié celui qui s'en est emparé en premier et qui a marché dehors derrière un soldat armé. Dans l'attente de son retour, nous nous sommes bousculés avec nos coudes pour un peu de lumière, un peu d'air. Quelques-uns ont hasardé la question :

— Où nous conduisent-ils ? Sommes-nous encore en Hongrie ?

— *Nichts fragen ! Nichts antworten*[01] *!* disait avec une voix presque humaine un jeune soldat.

L'homme qui avait vidé le seau était revenu et nous ne faisions que lui demander :

— Qu'est-ce que tu as vu ? Qu'est-ce que tu as appris ? Où sommes-nous ? Qu'as-tu découvert ? comme s'il revenait d'on ne sait où.

Sous ces rafales de questions, il secouait la tête et derrière lui, la porte du wagon se referma en même temps que celles des autres, à l'unisson.

De dehors, nous parvinrent des ordres, des pas militaires et à la fin une chanson au rythme de marche martiale, que nous avons comprise pendant que le train s'en éloignait.

In meiner Heimat dort blühen die Rosen
in meiner Heimat dort blühet das Glück
Du Mädchen weine nicht, weine nicht
wenn man von Scheide spricht
gib mir deinen letzten Kuss
als Abschied Kuss[02]...

Maman, comme s'ils avaient arraché la nourriture de la bouche de ses propres enfants,

01 — Pas de question ! Pas de réponse ! (*Note de l'auteur*)
02 — Dans mon pays natal fleurissent les roses/ Dans mon pays natal fleurit la chance/ Jeune fille, ne pleure pas, ne pleure pas/ donne-moi ton dernier baiser/ en baiser d'adieu. (*Note de l'auteur*)

donna à la mère d'Eva et à son bébé un petit pot d'abricots au sirop et trois minces tranches de pain.

Ce qui restait intact, c'étaient les saucisses de porc auxquelles personne ne touchait, il n'y avait guère que papa et moi qui en aurions volontiers mangé, mais maman nous surveillait d'un œil suspicieux et mieux valait souffrir de faim que de lui procurer du chagrin.

Dans le wagon, c'était la première fois qu'elle me peignait, qu'elle me faisait des tresses avec l'unique ruban rouge – que Juja la folle ne m'avait pas arraché –, en séparant mes cheveux en deux parties égales. Et personne ne pouvait être plus heureux que moi, quand je sentais ses mains tranquilles sur ma tête comme si elles y avaient trouvé un doux repos.

Le lendemain, j'ai été coiffée par Judit, et ensuite par David, qui m'enseignait de nouvelles chansons qu'il avait lui-même apprises en ville, mon beau grand frère aux yeux de velours comme papa. Mais des yeux bleu-violet, personne dans la famille n'en avait comme maman, c'étaient les yeux les plus beaux que j'aie jamais vus et papa en avait été victime, bien que sa famille ait été opposée à leur mariage. Et par conséquent, nos grands-parents paternels ne nous aimaient pas davantage, nous les enfants de leur bru. Pauvres grands-parents, et tantes, et oncles, où auront-ils fini, tous ? Et les frères et sœurs de maman ?

Jonas n'eut pas le temps de me peigner, car au quatrième jour, le train freina brusquement.

11152

Quelqu'un avait ouvert notre wagon avec violence, tout comme les autres wagons l'avaient été, et nous nous sommes retrouvés devant des chiens fous furieux, tenus en laisse par des hommes armés qui hurlaient comme ce Moloch dans le ghetto, et, au milieu des hurlements, des bousculades, de la sélection, *Rechte, Linke ! Rechte, Linke ! Rechte, Linke*[01] *!*, des aboiements, des coups, j'ai perdu mon père, David, Jonas, Judit, et je m'étais agrippée à ma mère, dans le rang de droite, avec les femmes âgées.

— Cherche ton père, ton père ! me suppliait maman. Et je lui ai indiqué un homme maigre, déjà au loin, nu dans une foule d'autres hommes.

— Mais où sont-ils passés, tous ? Où ? continuait-elle, avec cet "où", comme devenue folle, alors qu'un des soldats s'était approché de moi en me disant d'aller de l'autre côté.

— Droite, droite ! répétait-il doucement.

01 — Droite, gauche ! (*Note de l'auteur*)

— Non, non ! Je me serrais plus fort à la hanche de ma mère.

— Obéis ! Obéis ! ordonnait maman et en même temps, elle priait le soldat de laisser avec elle la dernière de ses enfants.

Le soldat l'a frappée avec la crosse de son fusil et à force de lui donner des coups il m'a repoussée de l'autre côté, parmi les femmes les plus jeunes, où j'ai retrouvé ma sœur Judit.

— Judit, Judit, Judit ! hurlais-je, bouleversée. Ils m'ont séparée de maman, maman, maman ! répétais-je quand ils m'ont déshabillée.

Mes tresses retombaient avec les rubans et on m'a rasée, désinfectée, rhabillée avec un long tablier gris, des sabots en bois aux pieds et on m'a accroché une pancarte avec un numéro : 11152, qui serait désormais mon nom.

— Maman, maman, maman ! répétais-je à Birkenau, où l'on marchait sur les cendres.

À Auschwitz, où ils nous ont déplacées dans le camp C, baraque 11. Pendant cinq semaines, j'ai continué à répéter maman et à pleurer pour elle. La pauvre Judit, désespérée, me tenait entre ses bras et me disait :

— Je suis là, moi, Ditke, Ditke, on est ensemble, on reviendra à la maison ensemble et tu retrouveras maman.

Mais la kapo du bloc, Aliz, une Polonaise, qui en avait marre de mes pleurs, me fit descendre de ma paillasse du haut en me disant :

— Viens, je vais te montrer où est ta mère !

Je sautai à terre et je la suivis en courant à l'extérieur, jusque devant l'entrée de la baraque.

— Tu vois cette fumée ? me demanda-t-elle en m'indiquant un endroit au-delà des nombreux blocs.

— Oui.

— Tu sens cette puanteur de chair humaine ?

— Mais...

— Ta mère était grosse ?

— Un peu...

— Alors elle est devenue du savon comme la mienne ! Nous crevions ici dans notre Pays depuis des années, pendant que vous fêtiez encore la Pâque ! Non ?

— Euh...

— Vous pensiez que vos chers Hongrois ne vous laisseraient pas emmener ?

— Je...

— Allez, allez, cesse de pleurer, ta mère est allée à gauche, hein ? On l'a brûlée !

Je restai muette. Judit me demanda inutilement ce que m'avait dit cette Polonaise. Je ne le lui ai pas dit, je ne le lui dirais jamais, je n'ai pas cru ce que j'avais entendu, et j'ai même nié, à moi-même, ce que j'avais entendu. Elle pouvait être devenue folle, elle pouvait avoir perdu son âme, si elle était depuis des années sur cette planète hors du monde.

Ils venaient à cinq, en rang, à l'aube et au crépuscule, pour nous compter et pour nous réunir entre deux blocs : les soldats avec les chiens ; et un homme en blouse blanche, qui se disait docteur, pointait de son doigt certaines d'entre nous, qui disparaissaient à jamais. Dans les latrines et aux lavabos communs, le bruit se répandit que ces femmes avaient été sélectionnées pour les bordels ou destinées à des expérimentations scientifiques.

Les déportées venues de toutes les parties d'Europe avant nous nous avertirent que mieux valait se rendre invisibles aux yeux du docteur. Mais comment ? Moi, toujours dans le dos de Judit, je fermais les yeux, en croyant que si je ne voyais pas ce médecin, il ne me verrait pas non plus. L'endroit où nous échangions nos nouvelles était toujours les latrines où ils nous laissaient aller deux fois par jour.

On ne travaillait pas, c'était un camp d'extermination. La ration de nourriture consistait en un faux café le matin, une bouillie au déjeuner, déjà vidée de quelques morceaux de pommes de terre ou de navets par celles qui étaient chargées de nous la distribuer, nos compagnes, elles-mêmes. Pour le dîner, un quignon de pain avec un fromage puant qui s'appelait *quardli*.

Au début, tout était aussi immangeable qu'il devait nous sembler bon par la suite, et nous mangions en cachette pour qu'on ne nous arrache pas la nourriture des mains ou de la bouche, même entre sœurs, mères et filles.

Est-ce que nous deviendrions à notre tour bientôt comme Aliz ?

La faim, les poux, la peur d'être sélectionnées, les maladies et les suicides contre le fil barbelé et électrifié nous occupaient l'esprit jour et nuit. Des jours et des nuits qui nous semblaient des mois, des années.

Je ne pleurais plus pour maman, je devais penser aux poux qui transmettaient le typhus exanthématique, à mon estomac qui gargouillait, à la prochaine sélection, au furoncle qui signifiait la mort, au pipi qui urgeait sans qu'on puisse sortir.

Heureusement, nous ne savions pas comment, mais nous n'avions plus notre cycle menstruel.

— Pipi, pipi ! gémissais-je.

Judit-mère m'avait suggéré de le faire dans la gamelle qu'on trouverait bien le moyen de vider. Mais Marika, la voleuse chargée de servir dans notre *Stube*[01] de douze filles, une nouvelle déportée comme nous, venue d'un petit village de notre coin, s'en était aperçue et de sa propre initiative me punit en me forçant à rester cinq heures à genoux.

— Salope, putasse, connasse ! l'insultait Judit. Tu ne rentreras jamais chez toi, parce que je t'égorgerai de mes propres mains ! Je le jure sur Dieu ! Maudite carne, tu crèveras !

01 — Pièce en allemand.

Marika, une belle femme de haute taille et bien en chair, eut un rire triomphant face à Judit, en la menaçant en retour, si elle ne la fermait pas. Puis elle s'était éloignée, disparaissant dans la seule salle à proprement parler, où se trouvaient les fonctionnaires dotées de quelques privilèges, qui exécutaient les ordres des Allemands, avec plus ou moins de zèle et qui avaient sur nous les pleins pouvoirs, en bien et en mal.

Un jour, la mère des deux filles qui, par hasard, s'étaient retrouvées près de nous dans les rangs, est morte. Et de la pièce des privilégiées, avec leurs hiérarchies, avaient soudain surgi un drap pour envelopper le corps de la morte, une chandelle et le livre de prière. Elles, elles restèrent enfermées dans la pièce, nous, en masse, nous nous tenions près du cadavre, par terre, et nous pleurions cette mère, l'unique femme âgée qui s'était retrouvée parmi nous par erreur, par bévue, au cours de la rapide sélection à l'arrivée. Et celles-là, pourquoi étaient-elles restées enfermées dans la salle, craignaient-elles que survienne un Allemand qui les aurait punies ? Oh, comprendre les règles, les disciplines rigides, les rôles, ce n'était pas facile, pas plus que de connaître les trucs permettant éventuellement de survivre, ni d'être les gardiennes de notre vie sans nuire aux autres, dans le combat de chaque jour pour arriver au lendemain.

Judit et moi avons épouillé Eva, découverte dans notre bloc. Elle se sentait mal et elle ne venait pas à l'appel ou alors nous ne l'avions jamais remarquée. Le bloc était grand, plein et on ne pouvait pas s'y déplacer en toute liberté, pas même en restant à l'intérieur.

Est-ce que c'étaient trois mois ou trois années qui étaient passés ? Chaque jour, à chaque heure, à chaque minute on mourait : l'une par sélection, une autre à l'appel, une autre de faim, une autre de maladie et une autre, comme Eva, suicidée, foudroyée par le courant du fil barbelé, restant longtemps accrochée comme le Christ en croix.

Son image s'est imprimée en moi et en Judit, Eva était une part de nous-mêmes, de notre village, de mon enfance lointaine. Dès ce jour, nous nous sommes promis, l'une à l'autre, de ne pas nous suicider, car Judit avait déjà tenté à plusieurs reprises d'en finir. Ensuite, elle me disait de ne pas avoir peur, car elle ne me laisserait jamais seule, elle avait promis à maman de me ramener chez nous. Mais quand, d'où avait-elle su quelque chose, que savait-elle de plus que moi, qu'est-ce qui m'avait été caché de cet endroit, où j'ai aussi été sélectionnée, mais dont je me suis sauvée, en profitant du chaos et des pleurs des enfants que les Allemands chargeaient sur le camion de la mort ?

Enfin, comme si cela avait été la libération, ils nous ont déplacées en wagons de Pologne en Allemagne.

Ils nous ont mises dans un camp qui comportait trente-deux baraques et qui s'appelait Dachau. Au-delà d'un pont, à peine entrevu, là aussi, il y avait cette fumée dont Aliz avait parlé. Là aussi, il y avait une kapo polonaise, nommée Lola, et ses collègues. Mais, là, on travaillait jusqu'à ce qu'on s'effondre sous le poids des traverses des rails. La nourriture était rare et on était de plus en plus faibles, les Allemands nous incitaient à travailler plus vite, ricanant de nos visages hâves et de nos yeux affamés, pendant qu'ils lançaient des *Würstel*[01] à leurs chiens-loups.

Le froid automnal redoublait nos souffrances. Judit essayait de m'aider. Mais comment ? Chacune devait porter son propre poids et espérer que ce travail herculéen s'arrête au plus tôt.

Et là, un beau jour, un miracle se produisit ! Un soldat, après avoir mangé, me jeta sa gamelle avec l'ordre de la laver comme tous les jours. Et dedans, au fond, il m'avait laissé de la confiture, ce qui pour moi était l'espoir, le bien du Ciel et de la Terre, la force d'aller de l'avant, la volonté de survivre et de croire qu'au bout des ténèbres il y aurait de la lumière. Et comme le mal engendre le mal, de même du bien naît le bien. Et quelque temps plus tard, ce qui n'est ni calculable ni réel, dans des circonstances extrêmes, Judit et moi, nous faisions

01 — Saucisses.

partie d'un petit commando de quinze femmes choisies pour travailler dans la cuisine d'un château où séjournaient des officiers de l'armée de terre, avec leurs familles.

Dans la cuisine ?! Cela sonnait comme le Paradis, la Terre promise de maman, en contact avec la nourriture !

Éplucher les pommes de terre, les carottes, les navets blancs et rouges, nettoyer les choux. Nous guettions le regard du jeune militaire qui nous surveillait et dès sa première distraction, nous enfournions en vitesse quelques bouchées, un bout de carotte ou des feuilles de chou.

Si une femme SS ne m'avait pas donné une gifle absolument sans aucune raison, à la sortie, matin après matin, et si on ne nous retenait pas parfois pour assister à la pendaison des prisonniers, dont la langue sortait de leurs lèvres, nous aurions pu nous dire chanceuses. Et si, à la fin du travail, les petits enfants des officiers ne nous avaient pas craché dessus en nous faisant des grimaces dégoûtées.

Bien sûr, nous n'avions plus grand-chose d'humain et nous les effrayions tout comme ils m'effrayaient, moi aussi, qui me demandais, en surmontant ma douleur, ce qu'ils deviendraient, ces enfants, une fois adultes.

Et là, dans ce château situé à quelques kilomètres à pied du camp, un deuxième miracle se produisit : le cuisinier, auquel je devais apporter les pommes de terre épluchées, me demanda :

— Comment te nommes-tu ?

Quelque chose d'incroyable pour moi qui n'étais plus que le numéro 11152. En se rapprochant, il m'apprit qu'il avait, lui, aussi une petite fille, comme moi.

— Comme toi, répéta-t-il et, en sortant, de la poche de son tablier blanc, un petit peigne, il me le glissa dans la main, en m'indiquant mes pauvres cheveux qui avaient commencé à repousser.

S'il n'était pas Dieu en personne, qui était-il ?

J'eus le sentiment de renaître. J'avais un nom. J'existais.

Un jour, au-delà de la clôture de notre camp, pour la première fois, nous avons aperçu des hommes. Des hommes qui étaient à peine vivants. Bien qu'il nous fût interdit de nous approcher du fil barbelé, nous avons crié nos noms, en leur demandant les leurs, en leur jetant quelques pommes de terre que nous avions volées au péril de notre vie. Mais ils étaient tellement épuisés qu'ils n'avaient pas la force de nous répondre, de lutter, ni d'attraper ce que nous jetions, ni même de dire leurs noms. Mais est-ce que les hommes pouvaient s'abandonner jusqu'à ce point ?

Ce travail béni s'est tout à coup interrompu. Nous avons fini de creuser des tranchées dans le froid de l'automne avec la bêche, avec les pieds enveloppés de chiffons dans les sabots, et les manteaux démesurés qui avaient été distribués à partir d'une salle d'entrepôt où, disait-on, un bébé était né. Au cours d'un appel interminable, punitif, une nouvelle incroyable nous est parvenue : dans le crématorium, dont nous connaissions déjà l'existence, un Allemand avait ordonné à une grande danseuse de danser nue. Et elle avait commencé la danse la plus séductrice de sa carrière, en l'effleurant de plus en plus près. Le soldat, envoûté par ces mouvements, ne s'était pas rendu compte qu'elle lui avait subtilisé son pistolet. Et elle avait tiré toutes les balles sur lui. Nous, sous la pluie qui tombait à verse, nous applaudîmes en tremblant, et la kapo du camp, non pas celle du baraquement, vêtue d'un beau manteau de tweed qu'elle a volé à Dieu sait qui, nous fit taire à coups de matraque, avant que ne surgisse le soldat de garde pour nous compter.

On aurait dit que le soleil s'était éteint à jamais et que le mois des morts avait dévoré les vies, et nous ne pouvions croire aux nouvelles des latrines où il se murmurait que les bombardements avaient commencé : mais de quelle armée et où ?

De la fête de Noël pas la moindre trace, rien que la neige hostile et nos souvenirs, les miens et ceux de Judit, mon soutien, qui me réchauffait les mains comme le faisait maman et qui priait comme elle. Je n'avais jamais appris à prier : c'était à cause du père d'Eva qui enseignait l'hébreu pour complaire à Dieu, mais à coups de baguette sur la tête et à chaque lettre de l'alphabet. À mes yeux, c'était un méchant, et il me faisait peur comme tous les ultra-orthodoxes, qui marchaient d'un pas vif dans la rue et ne regardaient personne dans les yeux, ils volaient sous leurs redingotes comme s'ils ne touchaient pas terre, mais évoluaient dans un ailleurs inconnu. Même si je l'avais appris, je n'aurais pas été capable, dans un tel lieu, de prononcer le nom de Dieu. Et j'enrageais même contre Lui. Comment pouvait-Il demeurer indifférent à une telle ignominie ?

— Tout cela, c'est la faute de l'homme, décrétait ma mère. Partout où il pose le pied, l'herbe ne repousse plus !

— L'homme est donc plus fort que Dieu ? lui demandai-je.

— Chacun paiera pour ses propres agissements, me rassurait-elle.

Comment aurait-on pu ne pas croire à sa mère ?

Au bout de mois ou d'années, après le millième appel, soudain, on nous transféra à Kaufering, un camp de petite taille où l'on ne travaillait pas. La faim, le froid, les maladies nous décimaient, et celles qui dans leur sommeil mouraient contre nous, nous gelaient et nous attendions impatiemment qu'on les emporte loin de nous.

Les jeunes bourgeoises, plus fragiles que nous, avaient moins de défenses, tout comme les hommes : notre vie antérieure, par sa dureté même, nous avait avantagées et nous avions mieux résisté. Nous luttions contre les poux, contre la faim, sans jamais aller jusqu'à arracher de la bouche des autres la nourriture, contrairement à elles, qui le faisaient souvent, même entre mère et fille. L'éducation morale de maman avait porté ses fruits jusqu'à cette limite, où nous aurions, sans elle, risqué de devenir des ennemies l'une pour l'autre. Nous sentions l'atmosphère suspendue, menaçante, mais la discipline était moins dure, l'organisation moins rigide. Allaient-ils tous nous tuer – cette appréhension nous hantait – comme ils l'avaient fait aux prisonniers de Dachau contre le fil barbelé ?

Les jours se traînaient, épuisés, comme nous-mêmes.

Soudain, de nouveau, ils nous déplacèrent à Landsberg, un autre petit camp ; un des cent camps annexes de Dachau, expliquait la kapo, moins inhumaine que les autres. Installées tant bien que mal, nous nous sommes bientôt trouvées à Bergen-Belsen, où, incrédules, nous avons vu arriver, en février, un nouveau groupe de déportées avec des valises, des manteaux, des bottes et des chapeaux.

— Qui êtes-vous ? D'où venez-vous ?

Judit jura qu'elles avaient répondu :

— De Budapest.

C'était tout à fait incroyable à nos oreilles : comme si elles avaient dit "de la Lune".

Après une brève pause, ils nous déplacèrent dans un ailleurs inconnu et quand ils tirèrent la porte coulissante du wagon, Judit s'évanouit quatre fois de suite. Désespérée, je lui hurlai de ne pas m'abandonner, je lui frottai la bouche avec de la neige, je la secouai en la suppliant, terrorisée, d'ouvrir les yeux : elle n'avait pas le droit de me laisser ainsi seule, j'étais prête à la ramener moi-même dans mes bras jusque chez maman, elle ne devait pas se laisser mourir, nous mourrions ensemble toutes les deux ! Elle se ressaisit et, étourdie, ne comprenait pas ce qui lui était arrivé ni où nous étions.

— Ce n'est pas un camp, ce n'est pas un camp. Ils disent que cet endroit s'appelle Kristianstadt. Je ne vois qu'un beau palais illuminé. C'est là qu'on va aller ? Finis les camps, Judit ! C'est terminé !

Elle se releva, et elle n'en crut pas ses yeux, en contemplant le palais. Est-ce que c'était une caserne ?

— C'est presque comme le château près de Dachau !

"*Achtung ! Achtung !*" Une voix nous atteignit et un officier en uniforme vert nous apparut.

Nous nous demandions qui ce pouvait bien être. Allait-il nous imposer de travailler en cuisine ?

Mais nous étions en trop grand nombre, même pour un palais.

“*Achtung ! Achtung !*” répéta un autre officier, avec un soldat près de lui. Et ils nous conduisirent vers un édifice long et bas et nous ordonnèrent de rentrer à l’intérieur. À l’intérieur, il n’y avait rien d’autre que des tas de paille éparpillée.

Aucune kapo. Rien de rien. Et maintenant ? nous sommes-nous demandé, de plus en plus effrayées et gelées. Serait-ce la fin ?

Deux soldats nous ont apporté un bidon de bouillie chaude et ont versé un brouet dans nos gamelles qui se bousculaient en se déséquilibrant.

— Dans l’ordre ! Idiotes ! En rang ! Ils tentaient inutilement de contenir l’assaut.

— Encore un peu ! Encore un peu ! disions-nous, en mesurant les rations de soupe qui dans la bousculade débordaient.

Deux autres grosses marmites sont arrivées et Judit, toujours au premier rang, était parvenue à se faire servir une autre part de soupe, de toute façon ils ne pouvaient pas nous reconnaître, nous étions toutes pareilles, emmitouflées dans des haillons, émaciées, avec des yeux de chiens affamés qui se disputent un bout d’os.

Ayant récupéré notre souffle, nous avons flairé le décor et après nous être longtemps reposées sur la paille glacée, serrées l'une contre l'autre, nous avons découvert que nous n'étions pas emprisonnées à l'intérieur. Nous pouvions sortir, mais pour aller où ? Il n'y avait même pas de mirador comme à Auschwitz ou à Dachau, rien que ce palais illuminé, à l'intérieur duquel l'on voyait se mouvoir des officiers. Appartenaient-ils à l'armée régulière ? Des hommes mûrs sans svastika. Qui étaient-ils ? Que faisaient-ils là ? Et nous ? Nous avions l'impression d'avoir été abandonnées. Ce n'est qu'au troisième jour, que revinrent les jeunes soldats avec les grosses marmites. Pas de pain. Rien que des navets, des pommes de terre dans un liquide grisâtre et dense, avec de la farine. Quoi que ce soit, c'était excellent, chaud et chaque cuillerée nous ramenait à la vie.

Judit avait deviné que quelque part il devait y avoir un cellier et le soir, elle sortit explorer, et elle revint avec des navets et des pommes de terre. Nous avons souvent pensé nous échapper. Mais les Allemands nous auraient assurément tuées et personne ne nous serait venu en aide. Peut-être même espéraient-ils que nous tenterions de nous échapper, afin de nous tirer dessus. Était-ce pour cela qu'ils n'avaient pas verrouillé notre longue étable ? Mais nous ne pûmes pas nous demander longtemps si nous devions nous évader ou non, car, après un bref séjour dans cet étrange endroit, deux gardes vinrent nous ordonner de sortir et, en nous mettant en rang, nous dirigèrent à pied vers Dieu sait où.

"*Marsch ! Laufen schnell*[01] *!*" Ils nous pressaient inutilement : nous étions des sortes d'épouvantails, flottant dans nos haillons, le visage creusé, livide, nos genoux, nos chevilles, nos pieds crevassés d'engelures.

— Marcher ! Vite ! En avant ! nous répétaient les deux gardes. Celle qui n'y arrive pas doit le dire et on l'hospitalisera !

Quatre sœurs, dans l'espoir d'un lit, levèrent aussitôt la main, et les fusils des soldats répondirent par quatre coups.

— Vous avez compris ? Marcher ou mourir ! *Ja ? Marsch !*

Nous avions compris. Évidemment que nous avions compris, la leçon vaudrait pour le restant de nos jours, si nous devions survivre. Dans cet endroit, on apprenait tout sur l'homme et sur le monde. Le soir, nous sommes arrivées dans un village soigné aux balcons fleuris, aux réserves de bois parfaitement ordonnées, aux fenêtres à barreaux. Les soldats sont entrés dans une ferme, mais en sont ressortis déçus, en parlant du refus que leur avait opposé le fermier, quand ils lui avaient demandé l'autorisation de nous

01 — En marche ! Courez vite ! (*Note de l'auteur*)

laisser dormir dans l'étable. Ils juraient en prenant dans leurs gibecières du lard et du pain, et en nous indiquant les poubelles où fouiller. Judit découvrit la mangeoire des porcs, mais ils nous chassèrent de là aussi.

Nous nous sommes remises à marcher dans des ruelles intérieures, habitées par des "aveugles". Le deuxième fermier nous a laissées entrer dans l'étable pour y dormir : il y avait un grenier plein de sacs de blé que nous avons déchirés avec nos dents, pour remplir nos estomacs gémissants.

À l'aube, le fermier et les deux gardes se sont mis à hurler, menacer, dire que nous étions des barbares, des destructrices et que si nous nous comportions encore comme des vandales, ils ne nous permettraient plus de nous reposer et que nous mourrions toutes durant notre marche. Nos oreilles demeuraient sourdes à ces insultes et à ces menaces. Peu nous importait désormais de mourir ou de vivre. Nous étions épuisées, indifférentes, sinon qu'à la vue d'un pain entier qu'une main avait jeté d'une fenêtre, nous sommes devenues des tigresses pour en happer un bout, mais le morceau plutôt que dans nos bouches finissait dans la neige, émietté. C'est alors que commença l'enchaînement des morts : d'un coup de pistolet, d'épuisement, de maladie, pour un oui ou pour un non des fermiers quand nos gardes leur demandaient de nous laisser nous reposer, rien qu'une nuit, dans leurs étables.

Le 12 mars Judit eut dix-huit ans et moi, la plus petite, j'acceptai de me faufiler dans le cellier, par une étroite fenêtre, en quête de quoi manger.

Les hurlements des filles "Jette-moi quelque chose ! Jette-le-moi à moi ! À moi ! À moi !" avaient attiré l'attention des gardes. Judit supplia les filles de s'éloigner tout de suite de la petite fenêtre.

Le garde, armé d'un fusil et d'une fourche, jura en arrivant qu'il fendrait la tête de celle qu'il trouverait à l'intérieur. Il l'avait déjà fait, expliqua-t-il, au cours du transfert d'un autre groupe. Mon cœur s'emballa de terreur, mais ma tête raisonna mieux que jamais et la vie, dans quelque condition qu'elle fût, était la plus forte, la plus précieuse. Je me suis cachée sous une grande barrique vide. Le garde la frappa en vain à plusieurs reprises avec les dents de la fourche et il s'en alla. Quand ses pas se furent éloignés, petit à petit, je me dégageai et je revins à la vie.

La marche infinie se poursuivit en semant en route les cadavres. Des fenêtres, même si elles s'ouvraient, aucune manne ne tombait plus. Les habitants, dès qu'ils nous apercevaient, nous fuyaient comme des pestiférées. Il ne nous restait plus qu'à nous nourrir de déchets, d'épluchures avares de pommes de terre, de feuilles et de trognons de choux, d'écorces d'arbres. Les gardes mangeaient de nouveau du lard et du pain noir. Et, sans doute lassés eux aussi de marcher et de tirer, ils avaient inventé un petit jeu : quand, avec peine, nous avions gravi une côte et que, sous nos sabots, s'étaient formées d'épaisses semelles de glace, ils nous ordonnèrent de redescendre et de remonter. Nous étions en route depuis cinq semaines et nous étions de moins en moins nombreuses à pouvoir marcher. Moi aussi, je m'étais écroulée et Judit, avec l'aide d'une généreuse compagne, me traînait sur les routes glacées, comme si j'avais été une luge.

Nous nous sommes retrouvées à Bergen-Belsen à nouveau, mais dans le camp des hommes ! Et, mon Dieu ! le sol était jonché de corps nus ! Certains n'étaient pas morts et gémissaient encore. Une image qui a imprégné mon âme pour toujours.

Après une soupe dans les baraques, peut-être de ces morts congelés, et deux nuits de repos, on nous ordonna le pire travail concevable.

On distribua deux chiffons blancs à chacune d'entre nous, les rares à avoir survécu à la marche. Nous devions en entortiller les chevilles des cadavres ou des mourants et les traîner jusqu'au Todzelt, la tente des morts, où s'élevait déjà une pyramide humaine.

Certains d'entre eux disaient, de leur ultime regard "Non, non, non !". D'autres balbutiaient leur nom et leur origine, certains encore réussirent à dire : "Raconte-le, on ne nous croira pas, raconte-le, si tu survis, fais-le pour nous aussi."

Suffoquées de sanglots, nous faisions signe que oui, oui, oui. C'était déjà la fin mars.

Quelqu'un répandit le bruit que les libérateurs étaient en train de bombarder l'Allemagne. Nous ne pouvions y croire. On nous l'avait déjà dit à Auschwitz, presque une année auparavant. Une année ! Toute une vie !

— Je ne veux plus vivre. Assez, assez ! répétais-je à Judit épouvantée.

— Non, non, non ! répondait-elle en me secouant. Tu veux donc faire plaisir à ces assassins ? Ne sens-tu pas la nervosité dans l'air et leur désorganisation ? Quelque chose est en train de se passer. La kapo demande qui de nous a envie d'aller à la gare la plus proche, à huit kilomètres, pour apporter des blousons aux militaires. En échange, elle recevra une double ration de soupe et de pain. On y va. On y arrivera. Ditke, on doit rentrer à la maison, oui ou non ?

— Oui... oui...

Suivies par deux gardes, avec un groupe de quinze filles convaincues par cette double ration de soupe et de pain, qui était la vie, nous nous sommes mises en marche, chacune chargée de douze blousons. Ils étaient très légers, en nylon bleu clair, et nous les avons remplis de poux. Ils avaient beau peser très peu, au bout d'un moment ce devint pour moi un supplice.

— Je n'y arrive plus, je n'y arrive plus ! ai-je averti Judit.

— Tiens bon encore un peu, je t'en supplie, la nuit commence à tomber, je t'en supplie, on va trouver une solution.

Je gémissais comme la neige sous nos sabots.

— Judit, Judit, Judit, assez !

— Passe-m'en quatre et jettes-en quatre par terre quand les gardes allumeront une cigarette, tu as compris ?

"Oui, oui, oui", voulais-je crier, mais je ne pouvais pas. Ni attendre. Mais au lieu des gardes, ce sont nos compagnes qui s'en sont aperçues. Et malgré les supplications de Judit de ne pas imiter sa petite sœur trop faible, toutes jetèrent quelques blousons dans la neige, qui avait bleui.

— *Halt !* cria un garde, qui avait trébuché dans les tas de blousons par terre.

Nous nous arrêtâmes soudain terrorisées.

— Qui a commencé ?

Il nous reposa la même question plusieurs fois, sur un ton de plus en plus agressif. Les autres déportées me lancèrent un regard, mais notre silence mortel continuait, jusqu'à ce que le soldat dégaine son pistolet, le pointant sur nous et nous disant qu'il en tuerait une sur deux. Je n'avais plus le temps de calculer sur qui cela allait tomber et qui y échapperait, et je fis un minuscule pas en avant. Il s'en aperçut tout de suite et se précipita vers moi, en me frappant avec son arme sur la nuque et je m'écroulai en sang dans la neige. Judit attaqua de toutes ses forces le garde qui n'aurait jamais pu imaginer un tel geste et, pris de court, il tomba par terre en glissant, alors qu'elle revint vers moi, pour me serrer dans ses bras et me dire de prier en même temps : "*Chémâ, Israël, Adonaï Elohenou, Adonaï Echad'*[01] *!*" Je comptai les pas du garde qui s'approchait, tout en enlevant la neige de son uniforme et de ses bottes. Quand il se trouva devant nous, je fermai les yeux, attendant les coups.

Mais, au lieu de tirer, le soldat fit un discours :

— Si une nullité merdeuse, une Juive immonde a le courage de porter la main sur un Allemand, si elle le fait, elle mérite de survivre. Dieu vous maudisse !

Et il m'a tendu le bras, pour me relever. L'énième miracle ! Judit a nettoyé mon sang avec de la neige. Nous avons toutes ramassé les blousons et avec une peine indicible nous sommes arrivées à la gare.

Les soldats, très jeunes, nous ont regardées comme si nous étions des fantômes. Au retour,

01 — Écoute, Israël, Notre Dieu, l'Éternel est Un. (*Deutéronome*, VI, 4.)

le garde qui avait apprécié le courage de Judit, m'aidait chaque fois que je devais soulager mon ventre, souffrant d'une diarrhée liquide, irrépressible, alors que je ne pensais qu'au pain, à la double ration de soupe.

Quand nous sommes arrivées au camp, l'homme a disparu. Il ne fut question ni de double ration de soupe ni de pain.

Nouvelle vie

Nous avons vécu dans l'agonie, au milieu des morts, dans le froid, la faim jusqu'au dernier appel du 15 avril, mais de l'aube à neuf heures, personne n'est venu nous compter. La kapo qui nous mettait en rang à coups de bâton, parce que certaines d'entre nous ne pouvaient tenir debout, avait disparu.

L'abandon total signifiait-il la mort ?

Judit, héroïquement, eut une idée folle :

— Je vais dehors, dans la cuisine des Allemands, m'annonça-t-elle doucement et sans me laisser le temps de l'en dissuader, elle courait déjà et revint aussitôt avec un navet en criant : — Il n'y a plus personne ! Pas un seul Allemand ! Les Allemands ne sont plus là !

Les filles la regardaient, les yeux écarquillés, comme si elle délirait. Et quelques minutes ne furent pas écoulées que nous vîmes arriver une Jeep avec des soldats, et, terrorisées, nous restâmes aux aguets.

Les soldats portaient un autre type d'uniforme, mais quels qu'ils soient, les uniformes nous faisaient peur. L'un d'eux s'approcha avec beaucoup de précautions, avec une expression qui tenait de la stupeur, de l'incrédulité, du dégoût et de la pitié, en nous disant quelque chose, en gesticulant autour de notre groupe en haillons : "*Away, away !*" Survint aussi un camion et un autre soldat se précipita vers nous, et dans ses yeux, on voyait qu'il retenait ses larmes. Il s'indiqua lui-même en disant : "*American Jewish, Jew, Hebrew American. You are free ! Liberation ! Free, free, free !*" Ma mère aurait dit que c'était le Messie. Folles de joie et en larmes, nous hurlions avec le peu de souffle qui nous était resté. Et, obligées de nous déshabiller et de jeter au feu qu'ils avaient allumé nos guenilles, nues et tremblantes, contrairement à ce qui s'était passé avec les Allemands, je rougissais de honte, avec le reste de sang qui me tenait encore en vie. Blanchies comme des fantômes avec le DDT qui s'incrustait dans chaque pli de notre corps, qui n'avait plus que la peau et les os, nous avons reçu chacune une robe rose à fleurs en coton et en avant, toutes sur des camions, à l'hôpital militaire de Bergen-Belsen.

Les soins commencèrent : on nous donnait à manger un minimum, en augmentant très lentement, un peu plus, un peu plus.

Le 3 mai, jour de mon quatorzième anniversaire, je me suis mise à la fenêtre et un militaire m'a montré un sachet en criant : "*Ok ? Sugar, sugar. Sweet, you sweet.*" "*Ok*", répétais-je en ayant deviné que ça voulait dire "D'accord".

Judit et moi, nous n'osions pas encore parler de l'avenir, alors que nous avions tout l'avenir devant nous. C'était devenu un sujet tabou.

Ne plus entendre la langue allemande, sinon dans notre sommeil, telle était notre vraie cure. En plus des médicaments. Les médecins, les infirmiers nous traitaient comme si nous avions été des nourrissons, et en deux mois nous avons grandi, nous avons balbutié, nous avons tenu sur nos jambes et nous sommes sorties au soleil de cette fin juin. Ils nous ont rendu nos noms, inscrits sur des papiers, avec nos dates de naissance, nos origines, nos numéros de déportées, nos lieux de captivité : nous avions l'impression de renaître, libres et dispersées dans le monde des vivants. Ma première tortionnaire était vivante elle aussi. Nous sommes tombées sur elle et, avant que je n'aie pu ouvrir la bouche, elle m'a donné un baiser violent qui m'a fait saigner du nez. Pendant que Judit essayait de le tamponner, la charogne avait disparu.

La dénoncer ou ne pas la dénoncer ? nous sommes-nous demandé, Judit et moi. Le “non” l'a emporté. Cela nous aurait fait du mal, à nous, de la penser punie. Nous avons laissé le Très-Haut prononcer son jugement, comme aurait dit maman.

Maman… Où était maman ? Et papa, David, Jonas, Sara et Mirjam ? Nous n'osions pas nous le demander, mais en secret nous espérions les retrouver. Mais quand, où ?

De Bergen-Belsen, avec nos papiers, ils nous ont transférées dans le chef-lieu qui s'appelait Celle.

Un homme triste, grand, maigre, dégingandé enregistra nos noms, lieux d'origine, numéros de déportées, noms des camps où nous avions été emprisonnées, et il nous remit un papier qui est toujours en ma possession.

Installées dans de grands dortoirs, entre femmes, séparées des hommes, nous avons commencé à attendre notre rapatriement. Mais quand aurait-il lieu ?

Après deux mois d'hospitalisation, nous avions un corps qui pouvait être regardé, des cheveux plus décents, et les garçons qui avaient plus ou moins nos âges se sont mis à nous courtiser. Judit et moi avons sympathisé avec deux frères de Transylvanie : Áron, dix-huit ans, et Miki, quatorze. Plutôt que de parler du passé et de l'avenir, comme si le temps s'était figé, Áron rêvait. Il projetait, avec Miki, de voler un poulet dans un village voisin. Miki me communiqua son amour de l'opéra, et nous chantions ensemble des airs de *Tosca* et de *La Traviata*. J'invoquais l'amour d'Alfredo et lui quémandait doux baisers et langoureuses caresses. Pendant que Judit et Áron étaient partis à la chasse au poulet, et revenus avec une poule que personne n'avait envie de tuer, mais que tout le monde voulait bien manger… Nous avons tiré à la courte paille et parmi les dizaines de participants, aspirants au festin le plus désiré du monde, la tâche ingrate est incombée à un garçon de Budapest, mais loin de nos yeux. Et nous, d'arracher ses plumes, de la nettoyer et de préparer le feu avec des braises, en vitesse et en extase. Assis en cercle, nous la mangions des yeux, qui larmoyaient à cause de la fumée, pendant que coupée en dix petits morceaux, la poule cuisait. C'était presque prêt, quand soudain s'approcha un militaire anglais, et, après un coup d'œil sournois à notre trésor, il envoya tout valser, à coups de pied, en disant qu'on ne devait pas voler. Que les habitants étaient furieux et que si on recommençait, ils nous chasseraient d'ici.

Moi qui suis incapable de haïr, qui n'avais jamais connu ce sentiment nuisible avant tout à soi-même, je me suis mise à haïr cet Anglais, parce qu'il avait lancé dans la poussière notre rêve, bientôt dévoré par des chiens.

Demander des nouvelles de notre rapatriement au bureau des libérateurs était absolument vain. La réponse était toujours la même : “Les Hongrois ont été déportés en dernier et seront rapatriés en dernier.”

L'impatience, l'anxiété nous minaient, le sort de nos proches nous angoissait. Ne rien savoir de personne et attendre jour après jour et semaine après semaine et mois après mois était intolérable… Après le départ d'Áron et de Miki qui m'avait donné mon premier baiser – ce qui avait scandalisé et indigné Judit – nous avons décidé de partir, avec des soldats hongrois que, entre-temps, nous avions rencontrés là-bas, en tenue civile. Ils nous ont juré qu'ils n'étaient pas fascistes, ils nous ont priées de les laisser nous accompagner, car qui sait quand eux-mêmes pourraient rentrer chez eux et ce qui pouvait leur arriver. Ils n'avaient aucun papier et ils devaient être clandestins. "Que faire ?" nous sommes-nous demandé. "Et que dire ? Nous remettre à haïr, à réclamer vengeance, ou bien les croire ?" En acceptant, nous laissions vivre en nous l'espoir qu'ils ne seraient plus fascistes.

Avec la liste des associations juives éparpillées à travers toute l'Europe, qui nous fourniraient en vivres, nous nous sommes mis en route, avec d'autres groupes, vers nos foyers, sans attendre notre tour de rapatriement. Dépaysés, dans la confusion de ce chaos humain, nous sommes passés au milieu des militaires, en étant mal vus d'eux ou ignorés. Les gens étaient rétifs à notre égard, partout, pressés, apeurés, soupçonneux, énervés et désireux de se débarrasser de nous au plus vite. À la gare de Bergen-Belsen, où nous avions apporté des blousons aux jeunes nazis qui nous regardaient comme des fantômes et où ma vie avait été sauvée pour une énième fois, nous sommes montés dans un train de marchandises, chargé de charbon, à destination de Pilsen, en Bohème.

À partir de là, avec nos soldats clandestins utiles, qui avaient plus le sens de l'orientation que nous, égarées dans le monde des vivants, nous avons atteint Bratislava, où nous avons commencé à trembler, car c'était un endroit qui nous avait été familier et qui avait été hongrois, et où vivait une sœur de maman, prénommée Honei.

Au centre d'assistance, nous nous sommes ravitaillées, toujours pour deux, mais en abondance, en éternelles affamées, et nous avons partagé nos victuailles avec nos compagnons, sous-alimentés eux aussi. Malgré nos doutes à leur égard, car ils pouvaient être des hommes sans parole et nous avoir donné de faux noms, partager la nourriture était un rite. Mettre le pied sur le sol tant imaginé de Bratislava nous donnait le sentiment d'être vraiment libres. C'était bouleversant et nous ne nous sommes presque pas rendu compte que nos clandestins avaient disparu. Nous avons seulement entendu leurs voix qui criaient : "Dieu vous bénisse ! Dieu vous bénisse !"

Avec des moyens de fortune, nous avons rejoint Budapest. Nous sommes restées, là, à la gare, nos sacs entre nos mains, bousculées et heurtées par les passants au regard indifférent et sombre. Nous n'avons trouvé de joyeux qu'un groupe de soldats : ils chantaient en russe, d'un air triomphant, sous leur couvre-chef orné de l'étoile rouge.

Ayant cessé de voir soldats allemands et croix fléchées, nous avons fini par esquisser un sourire instinctif, alors que, continuant à chanter, avec une bouteille de vodka, le groupe s'approchait de plus en plus de nous. Je connaissais leur chanson, tout comme la marche allemande, car je l'avais entendue de la bouche de quelques prisonniers russes dans un des camps annexes de Dachau. Je leur souriais lorsqu'un passant nous avertit à voix basse, en hongrois, sur un ton méprisant, de nous tenir sur nos gardes parce que “ces types-là, ils violent les jeunes et les vieilles, toutes les femmes”. Comme Judit me tirait en arrière, je protestai :

— Ne me tire pas ! Ne me tire pas ! Tu sais ce qu'ils chantent ?

— Non, mais allons-nous-en, allons, allons-nous-en ! Elle me poussait pendant que je chantais à mon tour :

Devushka, devushka
Kak tebia svat'
Idí sudá
davaí pisdá
Jìob tvoìú mát[01] *!*

01 — Mademoiselle, mademoiselle, / comment t'appelles-tu ?/ Viens ici, donne-moi ta chatte.../... fille de pute. (*Note de l'auteur*)

— Tu n'as pas honte ? Comment oses-tu prononcer ces mots dégoûtants ? Si maman t'entendait, elle te rouerait de coups !

— Ce n'est pas moi qui l'ai inventée.

Nous avons poursuivi notre route, en étant vite essoufflées. Quand nous est apparue une ville, qui n'était qu'une plaie, partout des gravats, de la grisaille, de la destruction, et même des cadavres : magasins vides, tristesse, têtes baissées, corps rabougris, visages fermés. Seuls les Russes allaient et venaient, en voiture ou à pied, sans toujours bien tenir sur leurs jambes. Ils semblaient régner, à la place des croix fléchées, en vainqueurs.

Judit avait encore une grande envie de me quereller : pour les gros mots que j'avais dits, ou par angoisse, par émotion, par peur, peut-être, de ne plus retrouver personne.

Nous nous sommes tout de suite adressées au bureau d'assistance, où un monsieur, qui ne se présenta pas et ne nous demanda rien, nous donna mille cinq cents *pengő*[01] en nous faisant signer un reçu et en précisant que c'était une somme forfaitaire pour aider à financer notre retour au village. Et bon voyage.

L'adresse de Mirjam, notre sœur qui vivait à Budapest, nous faisait battre à tout rompre le cœur, qui parfois me semblait s'arrêter.

01 — Un peu plus d'un dollar américain de l'époque, équivalent de quinze euros actuels.

Arrivées dans la cour, où donnaient beaucoup de balconnets, nous avons demandé à la première personne qui se pencha pour battre un vieux tapis, où habitait Madame Rottenberg. Mais elle ne nous répondit pas. Faisait-elle semblant de ne pas avoir entendu ? L'avions-nous effrayée ? Détestait-elle les Juifs ? Mais c'était un quartier juif ! Notre méfiance s'évanouit bientôt, transmuée en cri de joie. Sur un petit balcon était apparue Mirjam, avec un petit garçon dans les bras.

— Tomika, nous annonça-t-elle en indiquant l'enfant et elle poursuivit, je suis déjà veuve. Mon mari est mort congelé en marche vers les camps, après des années de travaux forcés.

Et elle ajouta qu'elle ne pourrait nous nourrir à notre faim que pendant quelques jours, car tout était rationné avec les cartes alimentaires et le marché noir. Nous étions encore à l'entrée, nous dans un état de grande agitation, elle sur la défensive face à nos étreintes et aux larmes qui nous étranglaient.

— Le petit, le petit, dit-elle, vous lui avez fait peur ! Elle se dégagea de nos assauts en lançant : — Pas de pleurs ! Pas de bavardages ! Entrez !

Dès que nous fûmes à l'intérieur du petit appartement que nous remplissions rien qu'à nous quatre, elle résuma la situation : elle n'avait pas de place, mais nous pourrions nous rendre à Miskolc, chez Sara, qui s'était mariée avec un homme aisé, et qui hébergeait déjà notre frère David qui avait survécu. Mais pas notre père.

— Lavez-vous. Je vais chercher quelque chose de propre à vous prêter, avant que nous ne vous approchiez du petit. Je vous prépare de quoi manger. On aura tout le temps plus tard de tout nous raconter. Ici aussi, nous avons beaucoup souffert, de faim, de terreur. Le Danube était rouge du sang de ceux que les fascistes avaient fusillés. Il y avait le ghetto. Ah, je pourrais en raconter, des choses…

Puis elle fit une allusion très confuse à un diplomate espagnol qui avait sauvé des milliers de Juifs à Budapest. Et, bien plus tard, je devais découvrir, dans les années 1980, que ce faux consul espagnol était en réalité un commerçant italien, Giorgio Perlasca[01], originaire de Padoue. Je me suis retrouvée alors près de ce saint homme, grand, maigre, doux, humble, avec des éclairs de douceur sur son visage et une fermeté dans son regard, et je me suis demandé : “Que lui dire ? Merci ?” Y a-t-il seulement des paroles que l’on puisse adresser à un ancien fasciste qui a accompli quelque chose d’incroyable dans les années les plus noires de la Hongrie, alliée de l’Allemagne nazie ? Que

01 — 1910-1992. Il sauva 5 000 Juifs et empêcha l’incendie du ghetto de Budapest. Il fut nommé “Juste parmi les nations” par le mémorial de Yad Vashem.

peut-on dire à un homme quelconque qui n'a plus supporté d'assister aux massacres de ses semblables ? C'est un mouvement de l'âme qui lui a inspiré l'idée géniale de se faire passer pour le consul général d'Espagne, ce qui lui a permis de sauver, au risque de sa vie, des milliers d'innocents destinés à l'extermination pour des raisons purement raciales. C'est ce que fit également le diplomate suédois Raoul Wallenberg[01], au même moment, à Budapest, où, à l'arrivée de l'armée soviétique, sa vie lumineuse se retrouva en prison, puis fut engloutie dans l'obscurité la plus épaisse, sans le moindre rayon de lumière, de vérité sur sa mort, à seulement trente-cinq ans.

Mais nous étions alors totalement ignorantes de l'existence de ces grands justes et de leurs actions. Nous écoutions notre sœur Mirjam avec l'envie irrépressible de parler ou de nous enfuir. Mais où ? Nous nous sentions un poids, y compris pour nous-mêmes. Nous nous sommes demandé si c'était la vie qui l'avait endurcie :

01 — Né en 1912, ce diplomate a organisé, en distribuant de faux sauf-conduits diplomatiques, tout un système de résistance aux déportations des Juifs, lors de son séjour en Hongrie, dont il parlait parfaitement la langue. Il sauva 20 000 vies humaines. Arrêté en janvier 1945 par les Russes qui le soupçonnaient d'être un espion américain, il a été à son tour déporté, mais en URSS. Les conditions et la date de sa mort sont incertaines. Il a été nommé "Juste parmi les nations" par le mémorial de Yad Vashem. De nombreux films, opéras et biographies lui ont été consacrés. Un prix humanitaire qui porte son nom a été créé par le Conseil de l'Europe.

autrefois, elle était toujours gaie, légère, pleine de vitalité, presque frivole, attirante, courtisée. Mais elle avait beaucoup changé, elle décourageait plus les élans qu'elle ne les accueillait, et notre cœur se recroquevilla.

— Est-il vrai que les Russes violent les femmes ? avons-nous demandé, histoire de parler.

— Oui, faites attention.

— Et David ? Comment va-t-il ? Qu'a-t-il raconté sur papa ?

— Vous lui demanderez vous-mêmes. Maintenant lavez-vous, lavez-vous, nous n'avons rien de bon à nous raconter. Vous avoir revues en vie est l'unique belle chose. Mais qu'est-ce que la vie vous réserve ?

— La vie ! avons-nous répondu d'une seule voix.

La ville mille fois rêvée avait pour toute couleur le rouge du drapeau, et partout on tombait sur des traces de la bataille.

Le Danube bleu avait vite digéré le sang des morts et il avait pris la couleur jaune : celle de l'étoile sur la poitrine des fusillés. La précoce grisaille d'automne était un manteau qui enveloppait tout, sans qu'un visage, sinon russe, soit capable de sourire. Qui sait pourquoi maman attendait les Russes ?... Judit et moi échangions des propos muets, comme pour exprimer qu'entre nous et ceux qui n'avaient pas vécu nos expériences s'était ouvert un abîme, que nous étions différentes, d'une autre espèce. Que se passait-il ? Notre restant de vie n'était plus qu'un poids, alors que nous avions espéré un monde qui nous aurait attendues, qui se serait agenouillé devant nous. Ce qui nous troublait était-il réel ou imaginaire ? Quoi qu'il en soit, durant le bref séjour chez Mirjam, nous avions été malheureuses, ses possibilités économiques étaient modestes, et, de surcroît, dans cet appartement minuscule, nous n'étions même pas libres de parler, car elle nous bloquait. Pour préserver l'enfant ? Par autodéfense, elle nous faisait taire et ce n'était pas une tâche facile d'imposer silence à Judit ou d'arrêter ses pleurs.

Déçues et pleines d'espoir en même temps, nous nous sommes acheminées vers la maison de Sara, pour revoir David également. Nous nous sommes bien enfermées dans le compartiment du train, et, comme nous n'étions attendues par personne là-bas, nous avons trouvé toutes seules, grâce à l'adresse que nous avions dans nos mains, la belle villa, nous avons sonné au portail, très fort, de plus en plus émues à la perspective de revoir notre frère.

Une femme en noir nous ouvrit la porte et nous lança un regard comme si nous avions été deux mendiantes, puis elle laissa échapper un hurlement :

— Madame Sara, Madame Sara, ce ne seraient pas vos sœurs ?

Madame Sara était immobile dans la véranda, belle, blonde, dans une robe de femme enceinte, couleur rouille, et à ses poignets brillaient deux bracelets d'or. Elle ne bougeait pas, elle nous regarda de ses yeux bleus, comme si elle ne nous avait pas reconnues.

— Sara ! Sara ! se mit à crier Judit.

Mais, au lieu de nous accueillir en nous embrassant, elle demanda à son employée de maison de nous préparer tout de suite une bassine d'eau dans la cour pour que nous nous lavions.

— Mais nous venons de chez Mirjam, nous n'avons pas de poux ! Où est David ? Où est-il ?

— Au travail, avec mon mari.

— Appelle-le ! Mirjam nous a dit que tu étais au courant de notre arrivée, protesta Judit.

— Des idioties, tout ça ! J'attends un bébé, j'ai besoin de calme. Venez, venez que je vous embrasse, mais lavez-vous.

N'aurait-il pas mieux valu mourir que de l'embrasser ? nous demandions-nous entre nous, en silence. Mais que lui était-il arrivé ? Elle avait toujours été trop sérieuse et trop froide, elle aurait voulu naître dans une famille riche... Mais un tel accueil !...

Nous étions désespérées, nous aurions préféré nous enfuir. Mais pour aller où ?

“Dans quel monde sommes-nous revenues ? Pourquoi, pourquoi ? David !” appelions-nous dans l'espoir d'être vraiment embrassées, d'être comprises sans avoir besoin de mots.

Sara, qui sans doute regrettait son attitude, se contenta de nous demander de nous montrer encore un peu patientes, de manger quelque chose que sa bonne, Maria, allait nous servir, et elle ajouta que nous verrions bientôt David, en arborant cette expression presque sévère que nous lui connaissions et qui faisait que, dans notre enfance, nous l'appelions "boule de colère".

David arriva enfin, notre frère bien-aimé de vingt ans, et, après une longue accolade et des larmes partagées, il nous dit, une fois pour toutes, qu'il était resté avec notre père, mais que, un jour, de retour du travail dans le camp, il ne l'avait pas retrouvé allongé sur sa couche, et qu'il avait dû le chercher dans le Todzelt, et que, en fouillant entre les corps, il l'avait découvert, enveloppé dans son unique couverture, en train de balbutier une prière, presque à bout de souffle. Quant à lui, David, c'est par miracle qu'il avait eu, comme nous, la vie sauve, grâce à une de nos cousines, mais il promit de nous raconter la suite plus tard...

Notre envie de parler fermentait en nous. Contrairement à Judit, les mots me faisaient enfler. Bientôt, je doublai de poids et passai de quarante à quatre-vingts kilos. On prétendait que c'était à cause de l'absence de mes règles, qui avaient été bloquées dans les camps, et qu'elles reviendraient et que je dégonflerais.

Le mari de Sara se présenta ensuite : il avait l'aspect d'un monsieur agréable, souriant, qui parlait dans un étrange dialecte et qui nous fit un bien meilleur accueil que Sara. Il me rebaptisa aussitôt : Munzi, ce qui fit grimacer sa femme pour tout commentaire. Mais ce qui ne tarda pas, ce fut une remarque sur nous autres, les Juifs, nous qui venions d'un trou boueux, et sur notre sœur dont il avait fait, lui, une grande dame. Et il nous avertit que dans notre Pays les fascistes eux-mêmes se faisaient passer pour des communistes.

Après un court séjour chez Sara, auprès de qui nous nous sentions de plus en plus mal dans notre peau, nous avons décidé de regagner notre village, sans David, qui travaillait avec son beau-frère dans une usine de peinture. Nous savions déjà que notre mère et notre petit frère Jonas ne reviendraient plus.

À notre arrivée dans le village, bouleversées d'émotion, nous fûmes regardées par les habitants comme des ennemies, avec stupeur, incrédulité et terreur que nous nous vengions et les dénoncions.

Les voisins se défendaient en disant :

— Je ne vous ai pas fait de mal, je n'ai rien pris, je n'étais pas méchant, les Juifs ont apporté ici le communisme, les nouveaux maîtres, j'ai même prêté de l'argent à votre père, j'ai conservé le millet que votre mère, moi le canard, moi…

— La maison, la maison, notre maison !

Nous nous sommes précipitées pour la voir. Et nous l'avons retrouvée vidée, dévastée, avec des coussins maculés de merde, la machine à coudre Singer de maman, décapitée. Au fond de la cour, au milieu du fumier qui débordait de l'étable voisine, nous avons découvert et ramassé des photos de famille. Ayant atteint les limites de nos forces, avec une douleur lancinante, nous avons fait demi-tour pour ne plus jamais revenir, sans même avoir rencontré ceux dont nous avions conservé pourtant un bon souvenir, comme l'oncle Gyula, son fils Endre, sa fille Lenke et notre voisine Lidi.

Mais pourquoi David ne nous avait-il pas averties de l'état auquel notre maison avait été réduite ? De toute façon, il ne nous aurait pas dissuadées d'y aller. Nous nous sentions de plus en plus seules et abandonnées.

Mirjam était en train de se remarier avec un de nos cousins, qui avait perdu sa femme et ses deux enfants, et le couple s'était aussitôt installé en Tchécoslovaquie.

Judit décida d'aller à Budapest, dans un groupe sioniste, dans l'espoir de rejoindre la Palestine, à la place de maman.

— Viens avec moi, insistait-elle longuement pour me convaincre. Ici, il n'y a pas de place pour nous. Que veux-tu faire ?
— Écrire.
— Écrire quoi ? Qu'est-ce que tu te mets en tête ? À qui écris-tu ?
— À moi.
— Nous apprendrons un métier, la langue de nos Aïeux, nous serons chez nous, la Terre promise depuis le Seigneur jusqu'à Moïse.
— C'est un conte qu'on m'a déjà servi...
— Nous ne pouvons pas nous séparer, toi et moi nous avons toutes deux ressuscité ensemble en une seule.
— Non, nous sommes deux et je suis en train d'étudier le piano chez Sara et j'ai même commencé à écrire et je suis en train de désenfler.
— Obéis-moi, tu n'es qu'une mioche, tu te sens donc si bien chez Sara ?
— Je ne me sens bien nulle part, mais je n'obéis plus à personne.
— Tu attends que Sara, qui est toujours aussi nerveuse, te mette à la porte ? Tu te retrouveras à la rue !
— Eh bien, je vivrai dans la rue.
— Et qu'y feras-tu ? La pute ?
— Si je ne trouve rien de mieux...
— Je t'ai sauvée, je vais te tuer !
— J'ai accouché de moi-même toute seule en un an de douleurs. Ne nous disputons

pas, je ne veux pas y retourner, dans les dortoirs.

— Et qu'en sais-tu de ce qu'est un dortoir ?

— Je ne supporte pas la foule, j'ai besoin de voir toujours une sortie de secours.

— Tu m'abandonnes toute seule pour un piano ? Tu peux écrire n'importe où.

— Je ne sais pas écrire en hébreu comme toi, rien qu'en hongrois.

— Tu apprendras.

— Quand ? J'ai besoin d'écrire maintenant.

— Pour maigrir ?

— Par nécessité, pour respirer.

— Ne fais pas ta Mademoiselle je-sais-tout, réfléchis, essaie d'être normale pour une fois.

— Je suis normale.

— Tu vas me laisser partir toute seule ?

Elle pleura beaucoup avec moi et je me sentis plus orpheline que jamais, mais je résistai malgré la douleur et la culpabilité.

— Il y a l'oncle Moriz en Palestine ! Tu ne te souviens pas de lui ? Mais tu venais à peine de naître quand il est parti. Maman parlait de lui comme d'un saint.

— Il ne donnait jamais signe de vie, jamais, il ne nous appelait pas. C'est lui qui était boulanger ?

— Comment fais-tu pour tout te rappeler ?

— Comment fait-on pour ne pas se souvenir ?

— Moi aussi j'avais une bonne mémoire à l'école, il n'y avait pas que toi. Je t'en supplie,

ici, on ne peut plus vivre. Ils ne savent pas quoi faire de nous.
— Et nous alors, tu crois qu'on sait où aller et comment vivre ?
— En Palestine.
— Mais qui vit maintenant en Palestine ? Les Anglais, ceux qui ont gâché notre poulet à Celle ! C'était si cruel ! Les soldats américains étaient plus humains, eux.
— Et si Sara continue à te transpercer de ses yeux bleus ?
— J'irai chez David.
— Mais il vient de se marier et ils vivent dans une seule pièce, parce que dans l'autre, ils ont mis un locataire invalide. Je ne veux pas te laisser toute seule.
— Je te rejoindrai vite. Tu me diras si la Terre promise existe pour de bon.
— Comment fais-tu pour ne pas le croire ? Pour mettre en doute la parole de maman et celle de Dieu ?
Elle me foudroya du regard.
— Ça valait la peine d'être sauvées.
— Je n'en sais rien. Vivons, nous verrons en vivant. Nos vrais frères et sœurs sont ceux des camps. Les autres ne nous comprennent pas, ils pensent que notre faim, nos souffrances équivalent aux leurs. Ils ne veulent pas nous écouter : c'est pour ça que je parlerai au papier.
— Et selon toi, tu es normale ?

— Oui, le papier écoute tout. Va en bonne santé, et dans une heure de bonne fortune, comme on dit en yiddish. Et désormais tu m'écriras chez Sara.

En la voyant s'en aller, je me sentais comme au milieu du désert sans la voix de l'Éternel.

Le cœur de Sara resta froid, glacé comme l'hiver. Je perdais du poids, écrivant en cachette plutôt qu'en pleine lumière, et avec trop peu de vêtements, ce qui dut susciter la compassion des voisins qui m'ont tricoté des gants et une écharpe en laine.

Un jour, mon beau-frère, qui faisait du trafic de sel avec la Roumanie, emmena avec lui ma sœur et je suis restée seule dans la maison où le beurre était inaccessible, enfermé à double tour. La bonne, Maria, me surveillait comme si j'avais été une voleuse. La vieille fille qui était chargée de me donner des leçons de piano bavardait comme une pie et insistait sur le solfège. Je voulais jouer librement les chansons de papa et de maman et un jour elle referma le couvercle du clavier en écrasant mes mains sur les touches et en m'écrasant presque les doigts. Ce coup m'en rappelait d'autres : gare à qui userait de violence contre moi ! Elle me demanda vainement pardon, la pauvre malheureuse. Elle ignorait mes problèmes.

Au cours de l'absence de mon beau-frère et de Sara, un médecin juif d'un bourg voisin se présenta à la maison, en prétendant qu'il était un ami à eux, qu'il allait dormir ici comme toujours.

Dès que je me suis couchée, il m'a assaillie et je suis devenue une vraie furie. Et il s'en est offensé ! À ses yeux, j'étais une pauvre fille stupide de la campagne, et il croyait avoir un droit de cuissage sur moi pour en faire sa proie.

Ensuite, il m'a priée lâchement de ne rien dire de l'événement.

Mais il y avait Maria, la bonne qui épiait, et elle a rapporté la chose à sa manière à Sara, dès son retour. Ma sœur n'attendait rien d'autre pour pouvoir se débarrasser de moi avec une gifle, me traitant de putain, et du vent !

Pendant vingt ans, je ne l'ai plus revue. Je me suis présentée chez David, dans le village de sa femme. Il m'a écoutée et il est resté muet et perplexe. Chez le jeune couple, je dormais dans une pièce divisée en deux par un rideau. La nuit, j'entendais leurs gémissements d'amour. Et le jour, le locataire Ivan, sur un fauteuil roulant, jouait de la guitare et je chantais avec lui ses chansons désespérées. Certains après-midis, au fond du jardin, sur la pente vers la rivière Bodrog, j'écrivais et je lisais les livres qu'il me prêtait : des romans, des poèmes… Et tout me plaisait.

J'avalais chaque ligne, chaque page et je dévorais les volumes l'un après l'autre. Au coucher du soleil que j'aimais, j'écrivais dans mon cahier au crayon à papier. J'avais déjà des soupirants et d'un beau garçon bourgeois j'ai reçu mon deuxième baiser, qui effraya mon frère, parce que ce fils de famille ne m'épouserait jamais, et mon frère craignait que je ne lui cède.

— Tu plais aussi à Feri, m'a-t-il fait savoir.

— Feri qui ? Rozenthal ? L'ami de papa ? Mais il pourrait être mon père !

— Il veut se fiancer avec toi.

— Pas moi.

— On te fera de belles fiançailles et tu seras placée chez un homme sérieux. Je me suis déjà mis d'accord avec lui. C'est pour toi que je le fais, tu seras protégée, et moi tranquille. Écoute-moi. On partira d'ici d'un jour à l'autre.

Le cœur battant et les genoux tremblants, je laissais les fiançailles s'approcher, sans même échanger un baiser avec cet homme.

Je l'interrogeais sur ses rencontres avec mon père, sur mon père lui-même et leurs beuveries partagées, loin de nous. J'essayais de lui soutirer quelque chose qui me ferait mieux connaître mon père, trop taciturne, et la cause de ses disputes avec maman.

Malheureusement il ne me révéla rien. Il n'avait rien à me dire ni à me donner, et il partit bientôt pour le Canada, où par la suite, j'ai su qu'il s'était marié avec une de nos cousines lointaines. David faisait partie d'un groupe de “nouveaux” communistes et, entre-temps, en grand secret, il s'apprêtait à quitter la Hongrie, en organisant en premier lieu ma fuite en Slovaquie, chez un de ses frères de *Lager*[01]. Après avoir vendu la maison de sa femme, il avait acheté quelques bijoux, que beaucoup revendaient pour pouvoir manger à leur faim, et il me les avait confiés pour que je les emporte.

Le 1er janvier 1946, je me trouvais à Bratislava, ayant passé la frontière, et j'étais attendue par un jeune homme qui m'accueillit en m'embrassant et parlait assez bien hongrois, mais avec un accent comique et en commettant des fautes de grammaire.

La maison où je devais loger était spacieuse et à demi vide, il n'y avait presque rien. Rien que des lits. Et, en plus de la femme du jeune Alex, l'ex-compagnon de camp de mon frère, il y avait un va-et-vient continuel de personnes à l'air égaré, qui, pas plus que moi, ne savaient que faire de leur vie, ni comment se remettre à vivre. Ils ne se sentaient bien ni dans leur peau, ni en présence des autres : quelque chose s'était brisé en eux, en nous, quelque chose avait changé définitivement dans leur vie, dans la nôtre.

Dans cette espèce de communauté, j'avais en vain attendu mon frère, et j'ai su, avec le

01 — En italien, on utilise habituellement le terme allemand *Lager* pour désigner le camp de concentration. Le terme est entré dans l'usage courant, mais nous avons préféré, de manière générale, le traduire simplement par "camp".

temps, qu'il avait reçu un financement des agences juives, dans le but de nous expédier tous en Palestine. En effet, de temps à autre, apparaissait un jeune homme blond, robuste, le “Juif nouveau” qui, dans un sabir babélique, nous expliquait que nous partirions bientôt pour notre terre où se menait une guerre clandestine contre les occupants anglais et arabes. Bientôt nous serions transférés dans un camp de transit en Allemagne, dans la banlieue de Munich, où nous devrions faire des exercices militaires, et il ajoutait : “Allez, courage ! Pas de jérémiades et pas de *ai wei ai wei* yiddish !”

Il ne me restait plus qu'à pleurer et à rejoindre Judit. Mais où ? Je m'adressai à un agent arrivé de Palestine, je lui fournis tous les renseignements que j'avais sur Judit et il me dit que le bateau sur lequel elle voguait en direction de notre terre de rêves avait été séquestré par les Anglais et que les migrants avaient été détournés vers Chypre.

David était allé s'installer dans la ville de notre sœur Sara. Sa femme attendait un bébé. Les bijoux qu'il m'avait confiés m'avaient été volés. Comment, quand et par qui ? Je n'en avais pas la moindre idée. Dans ce mélange de solitude et de promiscuité provisoires, j'étais tombée amoureuse d'un homme qui me dévorait de son sourire éclatant, avec une ombre de cynisme et quelque chose de faux aux commissures de ses lèvres voraces, comme quelqu'un qui savait qu'il plaisait aux femmes. Il découchait souvent de notre maison commune. Pourquoi l'avais-je choisi, lui, qui m'avait dépucelée d'un seul coup, ce qui m'avait rappelé l'abattage kasher, où l'on égorgeait la poule d'un seul geste et on la jetait encore sanglante dans la cour de la synagogue ! Est-ce que le sang le dégoûtait ? Pourquoi cette violence sans la moindre caresse ? Était-ce lui qui voulait punir en moi toutes les femmes ou était-ce moi qui voulais me punir moi-même ? Pourquoi l'ai-je laissé faire ? Était-ce moi qui me débarrassais de moi ? Était-ce moi qui voulais jeter aux orties ma vie inutile, ma jeunesse dans un monde devenu bestial, mes seize ans défendus de toutes mes forces, et qui me méprisais ? À moins que je l'aie aimé ? Étais-je malade ? Ou assoiffée d'amour, parce qu'il y avait un être pour lequel j'existais, qui me désirait, même s'il avait d'autres maîtresses, et qui jouissait de son plaisir en ignorant le mien. Pourquoi ? Pourquoi ?

Bien plus tard, je l'ai recroisé et nous avons échangé un signe de reconnaissance dans le camp de transit de la banlieue de Munich, où les gens stationnaient hors de l'enceinte, avec leurs gamelles vides, en nous demandant de quoi manger, et je leur donnais tout ce que je pouvais.

Encore des mois et des mois à attendre, en chantant des chansons juives, à faire des marches, au pas, à écouter des discours sur l'antique patrie qui nous a tous ramenés à la vie, nous autres, les survivants. Et cela me semblait si beau, tout comme ce que j'avais entendu dans le parti communiste naissant dans le petit village où David était resté. Qui pourrait ne pas aimer des formules comme démocratie, justice sociale, égalité, du pain pour tous, la terre aux journaliers opprimés, exploités, esclavagisés, culture et conscience au peuple, aux travailleurs et aux ouvriers, éradiquer le fascisme à jamais, le pouvoir des maîtres et des églises, etc., balayer la noblesse, les bourgeois qui se nourrissent du sang du peuple… la tête haute, peuple, vive le prolétariat ! Les slogans des instructeurs-agents-guerriers ne ressemblaient pas aux contes de ma mère, dont je goûtais la saveur dans ma bouche : leurs voix, à eux, étaient rudes, âpres, nouvelles, différentes des nôtres, ils appartenaient à une autre espèce, ils étaient sûrs d'eux, de leurs paroles nouvelles, face à nous, désarmés, martyrs des ghettos et des camps, affamés d'amour et de paix.

"Il est né ! Il est né ! Les Russes ont été les premiers à signer ! La radio, la radio ! Écoutons ! Ben Gourion parle. L'hymne, l'hymne ! Prêtez l'oreille. La *Hatikvah*[01] !"

01 — L'espoir, hymne national israélien. (*Note de l'auteur*)

Quoique je n'en aie pas bien compris le sens, l'hymne venu du cœur me noyait les yeux de larmes qui roulaient sur mes joues. Il résonnait dans le camion qui nous conduisait en France, à Marseille, où je vis la mer pour la première fois ! La mer devant laquelle, en plein été, on nous plaça dans un énième camp de transit, dans l'attente, de plus en plus pénible et impatiente, de partir pour Israël, nouveau-né, où je retrouverais enfin Judit et peut-être le frère de notre père. Dommage que le rêve de maman n'ait pu se réaliser pour elle, et que pour nous ce soit devenu une réalité inconcevable, de pure émotion et nostalgie biblique.

L'Arche de Noé débarqua en septembre dans le port de Marseille et on nous installa dans les cales, où se trouvait déjà entassée une multitude humaine d'ethnies et de mœurs inconnues : gens de couleur aux barbes longues et en redingote, pieds nus, bouches muettes qui mâchaient des racines, murmuraient tout en mastiquant, en crachant une salive verte.

— Qui est-ce ? ne pus-je m'empêcher de demander à voix haute.

Je me sentais de nouveau différente, d'une autre espèce, d'ailleurs, pleine de stupeur, sur ce bateau qui tanguait comme le berceau de Moïse sur le Nil, vers l'État nourrisson.

Derrière moi, j'entendis une voix :

— Ce sont des Éthiopiens, des Marocains noirs.

Et, me tournant, je vis un garçon de grande taille, au sourire un peu tordu, à la peau mate, qui, haletant, avait été le dernier à sauter sur le bateau. Je ne l'avais jamais vu auparavant. Il tendit vers moi son long bras, une large main qui me serra sèchement. Et en hongrois, il se présenta avec un petit rictus avare :

— Je m'appelle Braun Gabi de Budapest, et toi ?

— Je m'appelle Ditke, je viens d'un village dont tu n'as jamais entendu parler.

— Tu es seule ?

— Non.

— Tu es avec qui ?

— Ma sœur et mon frère.

— Où sont-ils ? Sur ce ferry ?

— En Israël.

— Alors tu es bel et bien seule, non ? Moi, je me suis amusé à Paris.

— Que faisais-tu ?

— Je menais la belle vie.

— Seul ?

— Les jolies filles ne manquent pas en France, mais pas comme toi.

— On tangue trop. J'ai la nausée.

— Tu as le mal de mer ? Pas moi, je veux être marin.

— Je me sens mal.

— Monte, viens vomir par-dessus bord.

Il m'entraîna sur le pont et neuf jours et nuits, entre un vomissement et l'autre, je suis tombée amoureuse de ses mains qui me tenaient le front comme je faisais à maman quand elle vomissait.

Il m'accompagnait aussi aux toilettes, quand j'avais mal au ventre. Son regard ne devenait mauvais que quand je ne le laissais pas palper mon corps, si douloureux durant toute la traversée qu'à l'arrivée je ne tenais presque pas debout.

La réalité

Après avoir chanté l'hymne dans la confusion, où je me laissais bousculer, déplacer et je ne désirais que des toilettes sur la terre ferme, je vis à mes pieds l'inscription WC. Pendant ce temps, mon petit ami avait disparu et c'est tout juste si je l'aperçus sur un camion qui partait Dieu sait vers quelle destination.

Je rejoignis la file en attendant d'être enregistrée. Les hommes et les femmes, selon leur âge, étaient enrôlés dans l'armée et moi, qui n'avais encore que dix-sept ans, je fus transférée dans un camp planté çà et là de préfabriqués à toit de tôle dans le sable.

Où, où suis-je, maman, maman ! Je l'invoquais de nuit, entre les hurlements des chacals.

Et la réalité que je craignais quand je ne voulais pas partir avec Judit, qu'en était-il ? Où est Judit, où est-elle ? Le rêve s'est brisé ou il est parti en fumée avec maman, comme son attente des Russes et comme l'espoir que papa avait placé dans le socialisme.

Derrière moi, table rase. Devant moi, une file d'attente avec une gamelle pour la nourriture, et une femme énergique nommée Ruth qui faisait régner l'ordre, surtout parmi les plus impatients, sous le soleil encore brûlant d'Orient.

Nous parlions la langue de Babel, car nous venions de tous les coins d'Europe et nous étions plus ou moins classés en fonction de nos provenances, les Hongrois sont devenus des Hongrois, les Roumains des Roumains, alors que, dans nos pays respectifs, nous n'étions que des Juifs. Au bureau du camp, j'appris que Judit et David étaient déjà arrivés en Israël. Avec une rapidité inespérée, on m'informa que mon frère, sa femme et leur bébé vivaient dans une coopérative agricole et que l'enfant portait le nom de mon père, Shalom en hébreu.

Judit vivait dans un quartier de la banlieue de Haïfa, avec son mari, épousé à Chypre, et ils avaient un enfant prénommé Haïm[01].

Mon oncle Joël se trouvait à Tel Aviv avec ses deux garçons : Avi et Itaï.

Et avec quel argent pourrais-je les rejoindre ? me demandais-je jour après jour, jusqu'au moment où j'ai compris qu'ici tout le monde voyageait en autostop.

Les voitures privées étaient rares et mon premier voyage, je l'ai fait surtout en Jeep militaire et en camion, en essayant d'expliquer où je me rendais, en montrant l'adresse de Judit que j'avais à la main.

01 — Vie. (*Note de l'auteur*)

La petite maison était bâtie sur un terrain encaissé, et dotée d'une grande terrasse où j'aperçus un bébé dans un landau. Tout petit, quelle merveille, avec un minois qui essayait de sourire et deux grands yeux au noir éclatant.

Je me suis penchée pour l'embrasser, en l'inondant de larmes qui le firent crier. Ma sœur aussitôt accourut en tablier, en savates. Elle semblait prête à s'évanouir.

— Mon Dieu ! Mon Dieu ! hurlait-elle de joie, tout en paraissant me reprocher encore de ne pas être partie avec elle.

Elle me parla d'elle et moi de moi, sans évoquer l'épisode de l'homme de Slovaquie, mais en me contentant de raconter ma rencontre sur le bateau.

— Et maintenant, que vas-tu faire ? Tu vas venir habiter chez nous ou chez David qui est arrivé il y a trois mois ? Ici, on ne donne pas de logement aux célibataires. La vie est dure, mais nous sommes chez nous, chez les Arabes qui veulent nous jeter à la mer. Mon mari, faute de mieux, est agent de police. Il n'est pas heureux, il voulait devenir peintre, comme toi écrivain. Tu écris toujours ?

— Encore plus qu'avant. Les mots à dire ne cessent d'augmenter. Si c'étaient des enfants conçus, j'accoucherais d'autant que de disparus.

— Je ne te comprends pas, je ne te comprendrai jamais. Que veux-tu dire ? Étudie l'hébreu, apprends un métier. Viens, entrons dans ma pauvre maison. Deux petites pièces et une cuisine. La terrasse est grande, c'est bien pour le petit, mais ça me bouche la vue. Haïfa est une belle ville, il faut que tu voies le Carmel !

— Je veux voir David. Oncle Joël, tu l'as déjà vu, il ressemble à papa ?

— J'étais encore enceinte quand j'ai couru le voir, il n'a rien de papa. Sa femme, une Polonaise toute fardée, m'a mis sous le nez un café au lait sans sucre. Ici aussi on manque de tant de choses ! Ce pays n'est pas encore un pays. Il vient de naître, il est petit comme notre bébé. Notre oncle est taciturne comme nos tantes, pauvres femmes, toutes disparues. Dans notre village, il ne reste plus un seul Juif. Mais parlons d'autre chose. Mon mari est beau, mais plus petit que moi. Il m'interdit de mettre des chaussures à talons. Aujourd'hui, il rentre tard, il est de service jusqu'au soir. On mange quelque chose ? Je te prépare un gâteau au fromage blanc, comme faisait maman ? Tu te souviens de l'Allemand qui voulait te tuer ? Et tu sais qui j'ai revu ici ? Aliz, la charogne, notre kapo à Auschwitz. On la dénonce ? Tu sais qui j'ai revu aussi ? Marika, l'autre charogne ! Et la brave Terez,

qui m'avait aidée à te traîner à la fin de la marche.
— Le bébé pleure.
— Il sait déjà tout, je lui ai raconté qu'il n'a ni grand-père ni grand-mère.
— Tu as eu tort. Je veux rentrer à Pardes Hanna avant la nuit. Il faut que j'y aille, il faut que j'y aille vite.
Je voulais fuir ses discours.
— Je ne veux pas que tu repartes.
— Je reviendrai bientôt.
— Pourquoi es-tu si pressée ? Qui t'attend ? Que fais-tu ? Tu as un amoureux ?
— Non. Il faut que je m'en aille. Demain, j'irai chez David et ensuite chez notre oncle. Je veux les revoir.
— Tu ne m'as pas dit quel effet ça t'a fait de mettre les pieds sur notre terre. Moi, je l'ai embrassée.
— J'avais le mal de mer sur le bateau. J'ai vomi tout le temps et à mon arrivée, j'étais sous le choc, dans les toilettes du port, j'ai trouvé le papier avec des inscriptions en hébreu.
— Mais, petite idiote, c'était du papier journal ! Tu es heureuse qu'on soit ici ?
— Je n'en sais rien... dans la bouche de maman, c'était le plus beau des contes !
— Tu veux dire que tu es déçue à cause de maman ? Mange.
— Non, non... c'est peut-être ma faute à moi, je ne me trouve bien nulle part, je

n'aime pas le monde et je ne peux pas le changer.

— Si seulement c'était possible, mais je crains bien que ce ne soit lui qui te changera.

— Tu as appelé Haïm ton enfant, c'est beau.

— Oui, on doit remplacer ceux qui…

— Oui, oui, j'ai compris. Assez, je pars.

— Voici mon mari, il s'appelle Ámos.

L'homme, flottant dans son uniforme, arborant une expression offensée, pensive, fit quelques pas timides vers moi et semblait reculer alors que je lui disais bonjour en l'embrassant.

— Vous ne vous ressemblez pas.

— Tu veux dire qu'elle est plus belle que moi ? lui demanda Judit.

— Non, non.

— Quand elle était toute petite, déjà, elle se regardait dans le miroir, comme si elle était la plus belle de tout le royaume, ajouta Judit, qui n'était pas laide du tout, mais qui était seulement complexée, sérieuse, ombrageuse, un peu comme maman.

Sans lui laisser le temps de rappeler mon enfance et notre expérience de la mort, j'embrassai de tout cœur le bébé “Vie”, Judit qui était pour moi plus qu'une sœur et Ámos au beau visage, au cœur cuirassé, introverti.

J'ai quitté la maison de ma sœur, en étant plus qu'égarée : les jambes flageolantes, comme ivre, perturbée. En chemin, j'ai levé le pouce et un fourgon s'est aussitôt arrêté, conduit par un militaire qui m'inspirait confiance. Je lui ai dit le nom de mon camp et il m'a simplement répondu :

— O.K.

— Je m'appelle Ditke, ai-je dit en hébreu, mais il a tout de suite reconnu mon accent hongrois.

En mélangeant quatre langues, il m'a fait comprendre qu'il avait perdu un frère pendant la guerre, qu'ils avaient été entourés d'ennemis de toutes parts, même derrière la porte de chez eux, et que nous devrions, nous aussi, nouveaux arrivants, défendre notre terre.

— Et pourquoi n'es-tu pas dans l'armée ? me demanda-t-il. Soldate ? Soldate ?

— Oh non, je n'ai pas l'âge et je ne veux pas porter d'uniforme : ni tuer ni mourir. Je viens d'Auschwitz.

— Auschwitz, Auschwitz : assez ! Tu dois être forte, vivre et mourir dans la dignité.

— Je veux descendre, lui dis-je, au centre de la ville.

— O.K., O.K., O.K. !

Puis il sembla se repentir et il m'accompagna en me disant :

— Allons au Café Nizza, chez Ungar. Magyar, Magyar, je t'offre une *Sachertorte*.

L'homme robuste derrière le comptoir avait un visage familier, il me rappelait mon oncle

Berti qui avait disparu, et j'avais envie de pleurer au souvenir du plus aimé de mes oncles. En détachant mon regard de cet homme et en me tournant vers la porte vitrée de l'entrée, je vis apparaître comme un fantôme le garçon du bateau, Gabi. Je courus l'embrasser comme si cela avait été Jonas, mon petit frère tout pâle disparu. Il me serra lui aussi dans ses bras, comme un amoureux, mais aussitôt jaloux du soldat qui m'avait simplement fait faire un petit bout de chemin dans son fourgon, et qui, du reste avec un autre "O.K." et un "Shalom" sur un ton brusque, m'avait plantée là, avec mon marin. Je lui parlai de moi, de Judit, de David. Lui n'avait personne, il était fils unique, il aimait les moteurs et travaillait comme mécanicien sur un navire militaire. Il ne gagnait pas grand-chose et en plaisantant, il me dit qu'on devrait se marier, bien sûr aux frais de l'armée, qui peut-être pourrait même nous attribuer un logement et une allocation familiale. Je l'écoutais ébahie, tandis qu'il jurait qu'il m'aimait. En craignant, mais pas trop, que ce ne soit moi qui veuille l'épouser… Nous nous sommes laissés, avec la promesse de nous revoir vite.

David habitait une des maisonnettes éparses sur un terrain sec, nu, près de Zikhron Yaakov. Il était plus qu'heureux de me revoir, mais ses grands yeux ne brillaient qu'en regardant son petit Shalom et sa femme Valeria. Il était pauvre, taciturne, l'âme révoltée, comme notre père. Sa femme bien-aimée, une survivante des camps, avait des problèmes aux poumons et lui au cœur. Ils n'étaient pas de force à bêcher la terre caillouteuse.

Soudain, le désir me traversa de lui parler du jeune Gabi… et sa réaction à mon idée de me marier fut disproportionnée.

— C'est un inconnu, que racontes-tu ?

— Et toi… qui voulais me marier avec l'ami de papa ? Pendant combien de temps encore je dois rester dans ce camp ? Je ne veux pas passer toute ma vie à trente dans une même pièce, à devoir faire la queue pour manger. Ici encore les balles sifflent dans les airs. C'est un sanatorium qu'il nous faudrait et non pas un camp de transit !

— Mais tu ne sais même pas qui c'est…

— Et une fois que tu sauras qui c'est ?

— Ça pourrait être un salaud, un menteur, un escroc. D'où est-il ?

— Quelle différence ça peut faire d'où il est ?

— Enfin tu n'as que dix-sept ans !

— Qu'est-ce que j'en ai à faire de mes dix-sept ans ?

— Et lui quel âge a-t-il ?

— Vingt-deux. Il me plaît, il est beau, il est de Budapest.

— Et que sait-il faire ?

— Rien. Le marin. Y a-t-il quelqu'un qui fait ce qu'il aime faire ?

— Tu as réponse à tout, hein ?
— Et le mari de notre cousine Adele, qui est balayeur ? Que peut-on faire quand on ne parle pas hébreu ?
— Fais ce que tu veux, de toute façon tu n'écoutes personne ! Attends, dès que tu auras dix-huit ans, tu pourras devenir une très jolie soldate et tu apprendras même la langue.
— Je ne prendrai jamais une arme en main.
— Tu préférerais te faire tuer ?
— Je crois que oui. Je préfère avoir eu un père martyr plutôt qu'un père assassin.
— Moi, par amour d'Israël, j'aurais été militaire.
— Je sais. Pas moi. Les guerres entraînent des guerres. Moi, je désarmerais le monde entier.
— Rêve donc tes rêves. Mais le réveil sera rude.
— J'ai déjà vécu ce réveil.
Nous avons fini par nous quitter réconciliés, mon frère bien-aimé et moi, repentants, émus, en nous excusant réciproquement, et après avoir longuement joué avec mon neveu, mangé, bu, et après baisers et embrassades, je suis partie.

Un rabbin de l'armée m'a unie à Gabi à bord de son bateau, dans une salle militaire. Nous avons dansé, chanté, nous nous sommes saoulés au Coca-Cola et à la limonade. Un ami de Gabi, Dov, qui était le maître queux, nous a proposé d'occuper, dans l'entresol d'une grande villa appartenant à un Allemand, où lui-même logeait avec sa femme, une pièce encore vide, qui devint notre pauvre nid d'amour. La salle de douche-toilettes-cuisine, nous la partagions avec un autre couple de jeunes mariés qui habitait là. Le lit pliant venait du bateau, comme une étagère et le linge. Son congé pour notre mariage était d'une semaine, que nous avons passée à faire l'amour comme deux chiens qui ne peuvent pas se séparer. Le maître queux, Dov, gros, petit, tout le contraire de Gabi, s'occupait de la nourriture. Il chipait dans la cuisine du bateau tout ce qu'il pouvait. Le loyer et l'électricité étaient gratuits. Le propriétaire de la maison était un fantôme mystérieux et invisible. Ce qu'on percevait de l'étage supérieur, c'était son hostilité muette envers l'État qui avait réquisitionné cet espace et envers nous qui l'occupions, il faisait du bruit en marchant et il écoutait des morceaux de Mozart à plein volume, ce qui me donnait la nostalgie de mes leçons de piano.

Peu à peu nous avons meublé la chambrette avec une petite armoire, une tablette, deux chaises et même un tapis sur le sol cimenté. Je me suis aperçue que mon mari avait un vague tic nerveux. Au bout d'une semaine de passion, il dut repartir et je ne savais où il allait ni quand il reviendrait. La femme du cuisinier Dov, petite, maigre, insignifiante, parlait le dialecte hongrois d'un petit village, elle n'était assurément pas juive et elle s'appelait Piri, diminutif de Piruska, comme ma camarade de classe, qui n'avait pas survécu, elle non plus.

Piri me proposa d'aller faire le ménage avec elle à l'hôpital militaire de Haïfa.

— Un travail est un travail, disait-elle.

— Évidemment, répondis-je.

Et je me retrouvai entre les lits des soldats blessés, à manger leurs restes.

À la sortie, la directrice du personnel me fit ouvrir mon sac, pour le fouiller, et je restai sans pouvoir respirer, offensée mortellement d'être traitée comme une voleuse. Mes genoux tremblaient de nouveau et mon cœur était privé d'oxygène.

— Ne le prends pas mal. C'est comme ça, ils nous contrôlent tous les jours. L'entrepôt est plein de marchandises, et il y en a qui volent des tricots, des draps, des coussins, c'est une chose normale.

— Pas à mes yeux.

Retrouver l'intimité d'une maison à soi, après des années de couchage en commun, cela me semblait être le paradis, même si c'était un débarras, où ne manquait même pas le barreau sur un minuscule soupirail au niveau du terrain qui donnait sur une cour extérieure, mais il me suffit d'un petit rideau en dentelles pour adoucir la vue.

La présence, derrière la cloison, du jeune couple, si peu communicatif soit-il, et de Piri, me faisait oublier ma solitude, et, en fermant les yeux comme quand j'étais petite, je ne rêvais plus qu'une fois grande j'aiderais mes parents, mais que je ferais la paix avec la réalité, que je ne serais plus jamais rendue aussi nue et vulnérable par un regard pervers. Que j'oublierais les contes de ma pauvre maman et que je ne penserais plus au lait et au miel, mais au sang qui courait encore là, où l'on apprenait à tirer avant même de marcher ! Le Pays "ancien" nouveau-né qui avait besoin de soin et de défense, de forces jeunes et d'amour pour vivre – mes besoins mêmes –, et où je m'attendais à trouver des cœurs et des bras ouverts et non pas armés. Je ne comprenais même pas comment il se pouvait que l'on travaille le samedi. De plus, les médecins nous faisaient nettoyer leurs appartements privés, une fois qu'ils avaient été repeints en blanc.

Gabi, revenu depuis quelques jours, s'est mis tout de suite en colère, à cause de mon travail à l'hôpital et quand il découvrit que j'écrivais.

— Qu'est-ce que tu écris ? hurla-t-il en s'emparant du cahier que je tenais dans mes mains.

— Quelque chose qui m'appartient.

— Laisse-moi lire.

— Non et ne le touche pas.
— Je vais le déchirer ! Et il joignit le geste à la parole.
— Tu peux en faire ce que tu voudras. Déchire-le, brûle-le, de toute façon je le recommencerai. Il est indestructible : il est écrit à l'intérieur de moi et personne ne pourra l'effacer. Mais peut-on savoir ce que tu as ? Pourquoi es-tu revenu avec une telle rage ?
— Je me suis disputé avec mon supérieur.
— Pourquoi ?
— Parce que je me suis endormi.
— Je suis allée aussi chez Judit et chez David. J'adore leurs enfants. Pourquoi on ne fait pas un bébé, nous aussi ?
— Un bébé ? Dans cette misère ? Mais tu es folle, tu ne sais pas ce que tu dis. Comment ferons-nous pour l'élever ?
— Nous y arriverons. Maman disait que là où il y en a pour deux, il y en a pour trois.
— Je ne veux pas te voir enceinte. Je ne veux pas entendre parler d'enfants. Ton corps, je le veux tel qu'il est.
Et il me jeta presque sur le lit.
Au bout de deux jours, il repartit, sans me dire pour où. Et à chaque retour, il était prompt à me reprocher mes voyages chez Judit, chez David, comme si je lui avais enlevé une partie de mon amour pour lui, même en son absence. De plus, il m'interrogeait sur mes rencontres,

comme si j'étais allée m'amuser. Il était d'une jalousie obsessionnelle, et ses interrogatoires commencèrent à me fatiguer. On a continué comme ça pendant des mois.

Il désapprouvait mon travail également, au point qu'à la fin j'ai dû démissionner et je suis allée vendre des glaces au Café Nizza, où nous nous étions retrouvés. Entre-temps, je me suis inscrite à un cours d'hébreu et le vieil Ungar me conseilla même de prendre des leçons pour être serveuse, parce que j'étais une jolie fille et que j'aurais assurément plein de pourboires. Gabi détestait tout ce que je faisais. Mais sa solde de simple matelot était trop modeste. Il aimait son travail de mécanicien et le roulis de la mer était son berceau, comme mon vagin était pour lui le ventre maternel.

Avec mon diplôme de serveuse professionnelle, je trouvai du travail dans un grand restaurant de bord de mer, à Haïfa. Le propriétaire était un Juif allemand, de petite taille, marié à une femme maigre et triste. Il y avait deux autres serveurs, qui venaient de Transylvanie, et trois jeunes Arabo-Israéliens qui faisaient frire le poisson. Ils préparaient des plats orientaux, ils faisaient la plonge et le ménage, et dormaient tous les trois dans un entrepôt en sous-sol, comme ma chambre. Je ressentais à leur égard une certaine solidarité naturelle et j'essayais de le leur faire comprendre, c'est presque moi qui avais honte à la place du propriétaire quand il leur donnait des ordres sur un ton de négrier, ce qui faisait passer une ombre sur les yeux de sa femme clouée à sa caisse. Avec moi, son autorité baissait d'un ton, et pour les quelques paroles qu'il échangeait avec sa femme, il employait la langue allemande. Il parlait en arabe avec la nombreuse clientèle du coin. Avec les marins, en hébreu. Avec les Américains, en anglais. Il avait mille yeux, et nous faisait courir tous sans trêve d'une table à l'autre, et dépasser nos horaires. Ses recettes, même en dollars, pour une seule journée étaient le double de mon salaire annuel. Quant aux pourboires, Ungar avait eu raison : ils étaient généreux, mais accompagnés souvent d'une main baladeuse, d'une invitation à un peu plus que ça et d'un clin d'œil. Un marin américain avait remonté sa main trop haut et m'avait fait pleurer. Le patron, au lieu de le rabrouer, s'en prit à moi :

— Qu'as-tu à pleurnicher ? Tu es en cristal ? On n'a pas le droit de te toucher ? Il t'a cassé quelque chose ? Il t'a fait mal ?

— Oui, oui, oui, répondis-je.

Sa femme l'assassina du regard, mais resta silencieuse. Craignait-elle cette baudruche ? Je n'allai plus au travail de gaieté de cœur, même si je gagnais bien ma vie. Je voulais une maison plus décente, une vraie famille, un mari qui après son service militaire ne soit plus aussi agressif.

Un jour, j'invitai mes trois collègues arabes pour un café et ils arrivèrent avec des bières qu'ils m'offrirent. Je commençai à boire au goulot et ils hurlèrent :

— C'est de la pisse ! C'est de la pisse !

Et je fus tellement mortifiée que je ne pus plus jamais les regarder dans les yeux.

Un vendredi soir, Gabi m'avait envoyé au visage la soupe parce qu'elle était trop brûlante. C'était son premier geste vraiment violent, il me demanda mille fois de l'excuser et, avec le temps, je lui pardonnai, sans pour autant oublier. Le deuxième acte de violence, en revanche, non.

Un soir, au lieu de l'attendre à la maison, je rejoignis Judit à la mer, avec son petit. Je ne m'étais même pas déshabillée sur la plage en arrivant (j'avais mes règles), et déjà je le vis face à moi, fou furieux, me traitant de pute prête à s'exhiber en bikini. Pendant qu'il m'insultait, en hurlant “putasse !”, il me rouait de coups de pied, en m'ordonnant de rentrer tout de suite chez nous.

“Jamais plus”, me répétais-je, à chaque nouvelle ruade, en présence de familles qui s'étaient mises à l'ombre avec leurs enfants. Je l'aimais pourtant encore. Mon “jamais plus” n'en était pas moins sûr en moi, et je ne pleurai pas.

Pour une fois, Judit n'avait même pas cillé devant cette soudaine agression, qui l'avait littéralement paralysée : elle serrait contre elle son bébé comme si mon mari pouvait lui faire du mal, mais il s'était rapidement éloigné. Je rentrai chez Judit avec elle, subissant ses reproches d'avoir épousé un cinglé.

Le lendemain, n'ayant pas emporté de linge de rechange, j'aurais voulu aller chercher des affaires. Nous nous sommes, Judit et moi, approchées du soupirail à barreau, et, en espionnant à l'intérieur, nous avons assisté à un massacre complet. Je regardais, consternée, mon mari en train de se battre avec une paire de bas en nylon, qu'il n'arrivait pas à déchirer, à réduire en lambeaux.

Je m'achetai le strict nécessaire et je ne manquai pas un seul jour au travail. Il y fit son apparition, d'un air repenti, piteux, avec son tic au coin des lèvres, et il me suppliait :

— Maman, ma petite maman, mon amour, reviens à la maison, je t'aime, je t'aime. Je ne te toucherai plus jamais, je le jure. Mon trésor, crois-moi, regarde-moi. Je t'ai apporté des culottes, regarde-moi.

— Je ne peux pas, je ne peux pas, je veux seulement qu'on divorce.

— Regarde tes culottes, tu as tes affaires.

— Je veux seulement qu'on divorce.

— Et si je refuse ?

— Je dépose une plainte.

— Non, non, non ! cria-t-il lâchement. Oui, oui, oui, j'accepterai.

De chez Judit, je déménageai dans une chambre meublée, dans l'appartement d'une vieille dame qui vivait seule, près du Café Nizza. Parmi ses locataires, se trouvaient trois jeunes garçons un peu fuyants, comme s'ils avaient été clandestins, et un homme plus mûr, dont le regard intense, pensif m'avait frappée et qui avait un beau visage au teint mat. Ils me regardaient tous avec méfiance et de temps en temps se réunissaient entre eux et celui qui m'avait frappée prenait un ton de conspirateur pour parler de la formation d'un parti communiste. Et je les entendis dire "Notre père". Ils faisaient allusion à Staline !

Je restai perplexe, désorientée, surtout pour ce "Notre père", plus que troublée par ce ton qui sonnait comme une prière.

"Mais qui est-ce ? Que veulent-ils ?", me demandai-je, en cessant de les épier.

À la première occasion, je demandai à l'aîné de quoi ils discutaient.

— De poésies, me répondit-il et il me fit le cadeau le plus beau de ma vie : tous les poèmes de Attila József[01], mon poète préféré, en le citant : *Mon cœur a déjà tant vagabondé, mais maintenant il s'est construit et il a appris*

01 — 1905-1937. Plusieurs de ses recueils ont été traduits en français aux Éditeurs français réunis, à la Différence, chez Phébus, au Seuil, au Temps des cerises. Edith Bruck l'a traduit en italien.

que le vivant, seul celui qui vit peut aimer éternellement.

— Que signifient ces vers, m'interrogeai-je, pourquoi les a-t-il choisis pour moi ?

Il me serra la main et partit. Cela ne me plaisait pas du tout qu'il ait menti.

— Ce n'est pas vrai que vous parliez de poésie !

Ma phrase le bloqua, mais, sans me laisser le temps de lui poser la moindre question, il s'éloigna, l'air bougon. Je ne savais pas pourquoi, mais cet homme me plaisait, je le trouvais attirant, sensible, mais pourquoi ce mensonge sur la raison de leur réunion ?

Ámos, le mari de Judit, en peu de mots, m'expliqua qu'en Israël, il n'existait pas de parti communiste, mais des communistes, oui. Ils étaient mal vus et l'influence des orthodoxes était très forte, l'athéisme était à leurs yeux inacceptable dans l'État juif.

— Ils sont persécutés ? demandai-je. Est-ce que chacun n'est pas libre d'être ce qu'il est s'il ne nuit à personne ?

— Personne n'est ce qu'il est : tout le monde s'adapte, s'uniformise, en fonction des différents régimes. La vie est difficile hors du troupeau. Le socialisme et la démocratie doivent être renforcés, mais ici ce qui presse le plus, c'est la paix. Vivre sur des sables mouvants met les nerfs à vif. Le communisme, dans la réalité, devient dictature. Les dictateurs hypnotisent la masse qui ne pense pas, qui rallie le plus fort, applaudit quiconque lui fait des promesses. Les dictateurs sont des manipulateurs, des voleurs de cerveaux, de rêves, ils connaissent, ils flairent les désirs des gens, et disent au peuple ce qu'il a envie d'entendre. Un vieux jeu qui se répète depuis que le monde est monde.

Judit regardait avec gratitude son mari qui, pour une fois, n'avait pas écarté d'un regard mes questions et ma personne trop affranchie et autonome à son goût. "Mariée et divorcée comme si c'était une affaire d'enfant". Mon divorce était vu d'un mauvais œil par David aussi, qui me culpabilisait. Je lui avais répondu que je divorcerais encore mille fois, si je devais me trouver malheureuse.

— Le malheur, mieux vaut le vivre seule qu'à deux, lui avais-je répondu.

Mon ex-mari me proposa souvent qu'on se remarie, en me rapportant un sac en paille de Naples, un collier de coquillages de Gênes. Même s'il ne m'inspirait pas que de l'indifférence, dès que je voyais au coin de ses lèvres son tic, je répondais "non, non et non". Il passait aussitôt à l'attaque, en se moquant de mon métier de serveuse et en me montrant ma photo dans son portefeuille, en signe d'amour.

Un jour, à mon retour du travail, ma vieille logeuse, très agitée, vint à ma rencontre et, dans son yiddish chantonnant de Polonaise, me dit que la police avait débarqué et avait emmené les trois garçons, qui sait où et qui sait s'ils reviendraient jamais. J'étais désolée pour l'aîné qui m'avait offert le recueil. J'aurais voulu mieux le connaître, parler avec lui, lire avec lui les poèmes, comme je l'avais fait avec Endre dans ma vie précédente. J'attendais anxieusement sa réapparition, mais je n'osai pas me rendre au commissariat, je détestais les uniformes, même celui d'agent de police d'Ámos m'agaçait. Et par pur hasard il était de service dans le quartier du Café Nizza, où je me rendais souvent. Il m'avait avertie, comme ma domiciliation était chez eux, qu'un avis m'était arrivé, concernant mon service militaire, qu'en tant que divorcée je devais accomplir. Judit et David me disaient que je ne pouvais y couper.

— Et si je me remarie ? leur demandai-je.

— Tu es folle. Avec qui ?

— N'importe qui. L'allocation familiale arrange tout le monde. Il n'est pas question que je sois soldate.

— Ce serait l'occasion de bien apprendre l'hébreu et un métier, répétaient-ils.

— Je ne supporte pas le dortoir, ni les ordres. Non, non et non !

Au Café Nizza, je connaissais depuis longtemps un autre matelot, nommé Tomi Bruck, qui accepta tout de suite ma proposition. Et, sur la requête d'un organisateur ou imprésario de ballets, dès qu'eut eu lieu la cérémonie du faux mariage avec Bruck, dont je divorçai aussitôt après, je partis pour Athènes. La paye était bonne, l'agent, un Juif, et sa femme, danseuse soliste, avaient créé une compagnie de ballet. Je ne comprenais pas trop ce que je pouvais faire, mais cela me sembla une occasion fabuleuse. Découvrir Athènes, voyager, danser, un rêve. La troupe était composée d'une Gitane blonde, d'une Allemande boudeuse, d'une femme d'un certain âge et de la femme de l'imprésario. La soliste était la seule véritable professionnelle.

Nous avons commencé les répétitions, qui duraient toute la journée. Rapidement, je me suis retrouvée dans l'avion. C'était mon premier vol et j'avais l'impression de voler de mes propres ailes. Ma famille était scandalisée. La nouveauté m'avait toute chamboulée, sans pour autant égratigner le "moi" profond, où continuait à fermenter mon expérience passée, toujours présente. Qu'avais-je fui ? Mon mariage, mes obligations militaires ou la déception que j'avais éprouvée dans un monde qui n'avait pas su m'écouter ?

J'avais étudié la danse classique quand j'étais petite à l'école et j'étais alors très bonne : je voulais devenir danseuse ou acrobate. J'étais bourrée de projets que maman désapprouvait. J'aurais voulu tout faire, mais jusqu'ici je n'avais fait que ce que j'avais pu, et non pas ce qui m'aurait plu davantage : écrire… un livre, un journal intime, mais je n'avais plus jamais pris un crayon en main… Depuis quand n'écrivais-je plus ? Peut-être que j'avais eu faux sur toute la ligne et que je m'étais retrouvée dans un monde plongé lui aussi dans l'erreur ? Pour Judit et David, j'étais une fille perdue, une danseuse !

La fuite

Peut-être la danseuse la plus triste que le public d'Athènes ait jamais vue sur une scène, avec trois musiciens juifs, gris, qui jouaient une valse de Strauss en faisant pleurer les cordes de leurs violons. Et nous quatre, avec nos airs de survivantes des camps, nous voltigions dans nos costumes longs et amples, blancs sur blanc, aux manches ailées, comme des oiseaux, vaguement égarés en voletant et nous bousculant : les applaudissements n'étaient pas en reste, surtout pour ces nuées blanches qui se détachaient dans la pénombre du cabaret où nous vîmes même un soir débarquer le roi Farouk. Le problème c'était de devoir boire quand les clients nous invitaient. Je détestais l'alcool, je ne prenais même pas de vin ni d'apéritif, mais je n'avais pas assez d'argent pour dénoncer mon contrat et quitter la troupe, et, dans l'obscurité, j'ai appris comment vider par terre la coupe de champagne.

Dans l'hôtel à peine décent je partageais une chambre avec la Gitane aux yeux bleus, joyeuse, protectrice, fille d'un musicien de Budapest, elle aussi divorcée d'un mari juif. Nous étions devenues inséparables. Elle n'était pas très belle et je l'entraînais avec moi, car j'étais la plus mignonne, la plus jeune et la plus souvent invitée par la clientèle de notre ballet qui s'était à peine amélioré.

Athènes et la mer étaient enchanteresses, comme les chansons et les danses populaires grecques, mais pas le regard sournois et mensonger des hommes.

La chose la plus belle qui me soit arrivée et qui m'ait rendu mon "moi", c'est l'invitation à une fête juive, organisée par des notabilités qui nous ont traités avec une aimable curiosité.

Après Athènes, nous sommes allés à Istanbul, grande et belle ville fébrile, aux marchés vivants et avec une mer splendide. Les musulmans heureusement ne boivent pas. Ils lançaient des regards ambigus, mais il n'était pas rare qu'ils nous fassent des avances assez agressives.

J'ai sympathisé avec le propriétaire du cabaret, un homme gentil et respectueux, dont le père malade était pour lui une image sacrée. Je tenais compagnie à ce vieil homme dès que je pouvais, j'aimais prendre sa main amaigrie et tremblante entre les miennes, j'essuyais son front moite, le voyant se ranimer à chacun de mes gestes.

J'avais, au cours du spectacle, un numéro tout à moi, je chantais plus que je ne dansais, puis je me précipitais auprès du vieux qui me souriait, attendri et reconnaissant.

— Il a un cancer, me disait son fils. Et il a été un grand pianiste.

J'avais l'impression qu'ils vivaient seuls, tous les deux. Étaient-ce vraiment le père et le fils ? me demandais-je, en remarquant chez le plus jeune quelque chose d'étrange et de féminin : du vernis aux ongles.

Le peu de temps que je passais à l'hôtel, je me suis aperçue, un jour, que j'étais observée par un homme, plutôt petit de taille, apparemment timide, sérieux. Près de lui, une femme me regardait également, l'air énergique, ni belle ni laide, et je m'aperçus qu'entre eux ils parlaient hongrois. Elle paraissait l'encourager avec insistance à venir près de moi. Il se leva, presque poussé par elle, qui se leva et, tournant les talons, sortit de l'hôtel.

— Je m'appelle Max, se présenta-t-il. J'ai une troupe de ballet, la Compagnie Max. Je voudrais vous engager. Nous sommes en partance pour Zurich. Nos filles sont toutes professionnelles. Ma femme elle-même est danseuse et chorégraphe. Nous avons des Autrichiennes, une Hongroise et une contorsionniste chinoise. Nos filles n'ont pas le droit de boire. Je les raccompagne moi-même après le spectacle à l'hôtel. Elles sont bien payées et nous n'allons que dans des établissements de premier ordre. Je peux te tutoyer ? Tu viens avec nous ? Une des filles a même son frère avec elle. Ma troupe est connue et sérieuse.

Il était convaincant et j'acceptai aussitôt, décidant de racheter moi-même mon contrat avec l'imprésario précédent. Cela m'ennuyait de devoir me séparer de mon amie gitane, Jolanka, mais Max n'en voulait pas. Notre longue accolade n'a pas été un adieu définitif : nous n'avons jamais perdu contact par la suite.

J'étais également chagrinée de laisser le vieux et son fils, Gúndüz, mais Zurich m'était plus familier, c'était plus occidental, et puis il était prévu d'aller à Naples, et je pensais que l'Italie était le centre du monde. Toutes les promesses de Max furent remplies. La sévérité à l'égard des filles me sembla même excessive : il nous était rigoureusement interdit de boire avec les clients après le spectacle.

À l'hôtel, je partageais une chambre avec la Chinoise, d'une beauté et d'une grâce rares. Il y avait la si mince, éthérée Elfi avec son frère, Lili, la plus rondelette, spécialiste de la danse du ventre. La femme de Max, Helen, était la maîtresse de ballet, armée de sa baguette. J'avais le plus grand mal avec un numéro pourtant ordinaire : le mambo. Les bons instrumentistes m'accompagnaient quand je chantais *Because of You* et *Over the Rainbow*[01]. C'était quand même

01 — La première, de Hammerstein et Wilkinson, a été rendue populaire par Tony Bennett. La seconde, celle que chantait Judy Garland dans *Le Magicien d'Oz*, est d'Edgar Ypsel Harburg, Harold Arlen et Herbert Stothart.

mieux que d'être femme de salle à l'hôpital ou que d'être chargée de la vaisselle sale au café, et de supporter un patron tyrannique. La ville me sembla très propre, blanche et froide d'aspect, après le fourmillement, la beauté, la vitalité, les couleurs d'Istanbul. Les gens étaient discrets, rigides et tièdes dans leurs applaudissements. L'allemand, même si le ton, la sonorité et la prononciation différaient, me troublait légèrement. Notre langue commune, dans la troupe, était l'anglais que nous maîtrisions mal, mais que nous parlions quand même. Ma compagne de chambre ne communiquait guère qu'en souriant, et semblait amoureuse d'elle-même, de sa propre image qu'elle admirait dans un grand miroir, devant lequel elle répétait en se contorsionnant comme un serpent. Je n'avais pas beaucoup lié d'amitiés dans la compagnie, sinon par quelques confidences que j'échangeais avec la Juive Lili, qui avait laissé son petit garçon à Vienne, en le confiant à son mari autrichien.

— Mais comment as-tu pu épouser un Autrichien ? osai-je lui demander.

Elle resta silencieuse, d'un air vaincu, résigné, les joues écarlates.

Ce qui me semblait manquer à la ville, d'apparence neutre, comme en pleine guerre, c'étaient tous les étals, les parfums d'épices, les voix, les musiques dans les cafés. Il n'en émanait ni odeur ni chaleur. Les passants, des hommes cravatés, ne se retournaient pas sur les femmes avec des regards voluptueux comme à Athènes ou à Istanbul, et les femmes bien habillées avaient un air solide, sans la nonchalance sensuelle des Turques et des Grecques, et elles étaient vaguement masculines dans leurs tailleurs stricts. Après les visages ambigus et indéchiffrables des deux villes précédentes, si bruyantes, avec leurs monuments et leurs rituels magnifiques, l'introversion de Zurich nous incitait à marcher presque sur la pointe des pieds, à sourire avec mesure durant notre représentation et à nous adapter, nous conformer à la culture locale qui nous était étrangère, peut-être trop peu accueillante. Dans les rues, il n'y avait pas de gamins déchaînés, pas de mendiants, pas de commentaires d'hommes à notre passage. Le climat, comme s'il avait été contagieux, conditionnait aussi nos rapports entre nous, presque inexistants de ce fait, ni sympathie ni amitié : répétitions, discipline, ennui et solitude. N'aurais-je pas dû préférer le service militaire ?

Un deux trois, un deux trois...

Après l'ordre de Zurich, le soleil de Naples nous permit, dès notre arrivée, de pousser un lourd soupir de soulagement.

La ville elle-même, les gens, l'air, le ciel étaient souriants. On nous avertit tout de suite de surveiller nos sacs, de ne faire confiance à personne et je n'aimais pas ce préjugé à l'égard de ce port vibrant, sympathique. La pension Santa Lucia, en bord de mer, me parut être un vrai paradis, et notre cabaret était à deux pas, la Casina delle rose, le Jardin de l'Éden... Par la fenêtre de ma toute petite chambre individuelle, je pouvais lire une enseigne : Zi' Teresa, un restaurant. À l'intérieur, derrière la vitrine, les yeux des clients étaient hypnotisés par la télévision, le totem, l'objet miraculeux qui venait d'arriver en Italie et d'où sortaient des notes de guitare et une voix, qui invoquait une certaine Maruzella[01].

01 — Célèbre chanson napolitaine, au rythme sensuel et envoûtant, de Renato Carosone.

Pour la première fois, je me suis trouvée bien tout de suite, après mon long et triste pèlerinage. “Voilà, me disais-je, c’est mon pays.” Le mot “patrie”, je ne l’ai jamais prononcé : au nom de la patrie, les peuples commettent toutes sortes d’infamie. J’abolirais le mot “patrie”, comme tant d’autres mots et expressions : “mon”, “tais-toi”, “obéir”, “la loi est la même pour tous”, “nationalisme”, “racisme”, “guerre” et presque aussi le mot “amour”, privé de toute substance.

Il faudrait des mots nouveaux, y compris pour raconter Auschwitz, une langue nouvelle, une langue qui blesse moins que la mienne, maternelle. La langue de qui chante avec la voix et les cordes qui pleurent, je l’ignorais totalement. Le premier mot que j’ai appris a été “*ciao*”, la gamine qui faisait le ménage dans ma chambre me l’avait dit. Je lui avais répondu en le répétant et elle avait souri de ma prononciation du “o”.

L’endroit où nous nous produisions, que Max ne connaissait peut-être pas avant notre arrivée, était en plein air, dans un grand jardin fleuri, sous le ciel étoilé, avec un bar protégé par un toit et une piste de danse au centre, et des tables tout autour. On était en mai, mois de ma naissance. Tout me semblait un enchantement, je me réconciliais presque avec la vie, pas la mienne, mais avec le soleil et la mer, qui peut-être ne me donnerait plus la nausée. Au crépuscule, le patron aux yeux bleus, qui pour la première fois avait eu l'idée d'engager une compagnie de danse, fut ému de faire notre connaissance et nous aussi. La nouveauté de cet établissement fut annoncée dans le journal local, et les affichettes avec une photo de la troupe furent collées à travers la ville. Et, en les découvrant, j'ai eu honte, comme si j'étais chez les miens et qu'on pût me reconnaître. Enfin, après des répétitions en quantité, en ayant même recours à un éclairagiste, nous avons eu notre première, le samedi suivant notre arrivée, dans le jardin envahi par des familles, hommes, femmes, enfants, jeunes et moins jeunes. Nos numéros étaient accompagnés par une musique sud-américaine, par une autre, arabe, pour la danse du ventre, et par un morceau de musique classique, pour la jeune Elfi, belle comme un ange. Les applaudissements étaient généreux, enthousiastes et nos saluts répétés.

Je ne chantais plus dans la ville de la chanson, parce que nous n'avions pas d'orchestre sur scène. La musique, en arrière-fond sonore, venait pour la plupart de disques de chansons américaines, surtout de Frank Sinatra et de chanteurs italiens connus à l'époque.

Les clients aux tables buvaient de la bière, du vin, des oranges pressées et parfois du whisky. Nous étions libres de nous en aller ou de rester. Le patron demanda à Max, notre gardien, de nous laisser rester un peu parce qu'il y avait quelques jeunes qui désiraient danser avec nous et en particulier, deux célèbres acteurs, Ugo Tognazzi et Walter Chiari, qui me voulaient pour partenaire dans un tour de piste. Il répétait ces deux noms qui ne me disaient rien. Celui qui s'appelait Tognazzi me serrait contre lui, d'un air sournois, en me parlant de "radio", de "moi", de "programme", en exhibant constamment ses doigts courts et en répétant "un deux trois". Et j'appris enfin à compter en italien jusqu'à trois : cela a été ma première leçon. Par la suite, je devais écrire tous mes poèmes et tous mes livres dans cette langue, à partir du premier, il y a soixante ans[01].

Naples me parut une ville vociférante, pauvre, riche, dégradée, humaine et insistante. Sur les marchés, on voulait nous vendre, nous imposer la marchandise ou les santons de la crèche : on nous mettait sous le nez les bergers, l'Enfant Jésus, la Vierge, les anges, Totò, le trio De Filippo[02], et les cornes porte-

01 — *Chi ti ama così* (Lerici, 1959). *Qui t'aime ainsi* (Kimé, 2017). Le premier recueil de poèmes a paru en 1975 (*Il tatuaggio*, Guanda) et l'ensemble de son œuvre poétique a été réuni sous le titre *Versi vissuti* (Eum, 2018). Paraît en 2021 à La nave di Teseo, avant d'être traduit chez Rivages.
02 — Totò (Antonio De Curtis, 1898-1967) est le plus célèbre acteur napolitain de music-hall, théâtre et cinéma, extraordinairement populaire et ayant fini sa carrière dans trois films de Pasolini (*Uccellacci e uccellini, La Terre vue de la Lune* et *Que sont les nuages ?*). Le trio De Filippo réunit le grand dramaturge, cinéaste et acteur Eduardo (1900-1984) et ses frère et sœur (Peppino et Titina) rendus très célèbres par le théâtre, la télévision et le cinéma.

bonheurs. Se libérer du marchand n'était pas chose facile. Dans cette ville aristocratique et bruyante, le baise-main n'était pas rare et l'imagination, tout comme la chanson, faisait partie du décor.

Comme encore les cris des marchands, les paniers accrochés aux poulies des fenêtres, le linge volant au vent, éternellement pendu aux fils d'un mur à l'autre des ruelles.

Être touriste, étranger dans une ville, dans un pays, n'a rien à voir avec le fait d'y vivre, on s'en tient peut-être aux apparences, ce qui est déjà quelque chose. Mais je ne trouvais pas même la trace du *latin lover* italien : seulement trois hommes qui ont voulu me montrer quelque chose que j'ignorais et qui ne m'ont même pas effleurée, sinon par un baise-main embarrassant.

Un monsieur rougeaud, fortement myope, m'emmena un jour à Herculanum, où je restai ébahie devant le spectacle qui s'offrait à moi, et il essaya de me faire comprendre par les mains et par les pieds, en gesticulant, ce qui s'était produit en 79 avant J.C.

"Pompéi, Herculanum, *kaputt* !" expliquait-il en bégayant légèrement. Je n'avais jamais vu le résultat d'une telle dévastation. C'était pire que les bombardements de Berlin et de Dresde ! Enfin, le pauvre homme, dans un marché de fripes, voulut m'offrir une jupe blanche qui coûtait cinq cents lires, et pour ne pas l'offenser, j'acceptai et je le remerciai comme si cela avait été quelque chose de précieux.

Le deuxième soupirant m'amena sur la côte amalfitaine, qui m'enchanta.

Le troisième, un personnage empreint de noblesse, brun dans un costume blanc, me fit débarquer sur l'île d'Ischia : "Sant'Angelo", répétait-il, en désignant le rivage au pied de la falaise.

Après Zurich, j'avais l'impression de me retrouver au pays des merveilles, mais, la première fois sur la plage de Naples, en bikini, nous avons été maltraitées et chassées par la police, qui nous regardait avec malveillance, en indiquant nos minuscules maillots, pendant que les garçons autour de nous discutaient entre eux et avec les agents, comme pour leur dire "Laissez-les !", tout en se repaissant de notre spectacle.

On nous expliqua alors qu'en Italie le deux-pièces n'était pas de mise, mais seulement le maillot une-pièce, et je me suis demandé si l'Italie n'était pas moins évoluée que la Grèce. J'aurais compris pour la Turquie, avec ses femmes toutes emmitouflées. Mais l'Italie... Avec tous ces nus dans les églises, les seins qui débordaient des décolletés des femmes partout où l'on allait, n'étaient-elles pas plus provocantes ? Cela me semblait une chose bien étrange...

Pour savoir quelque chose de l'Italie fasciste aux côtés de l'Allemagne hitlérienne, il y avait les films des grands cinéastes du néoréalisme : Roberto Rossellini, Vittorio De Sica, Giuseppe De Santis... qui faisaient comprendre l'histoire, les mœurs, la culture, avec des images parlantes qui auraient très bien pu être muettes comme les films de Chaplin.

Le cinéma et la télévision, pour qui ne pouvait lire un livre entier, étaient la meilleure école pour se familiariser aussi avec la langue, et même les chansons, et le caractère extraverti des Napolitains qui mimaient le texte. Au bout de deux mois, ayant des facilités particulières pour les langues et le courage de baragouiner, je communiquais déjà et on me corrigeait.

À Naples, comme par magie, Lili, la danseuse orientale, avec l'accord de Max, sortit avec un monsieur noble, un avocat sicilien. La Chinoise, elle, resta avec Max et l'évanescente Elfi était retournée à Vienne avec son frère. L'avocat voulait que je reste avec Lili à Rome, en patientant jusqu'à leur mariage, et il nous installa dans un petit appartement au 8 de la via Vaina. L'homme lui promit de faire venir en Italie son fils.

Rome ! Le nombril du monde ! Finie la danse. Liberté ! La ville éternelle, après la souriante Naples, semblait avoir toujours existé, depuis la nuit des temps, comme Jérusalem. L'avocat, un certain Simon, resta avec nous quelques jours, nous servant de guide. Il n'avait pas besoin de parler : nos yeux suffisaient, aimantés par les fresques de la chapelle Sixtine.

Les places, les palais, quelques églises au passage, les quais du Tibre qui coupait la ville en deux. Saint-Pierre avec le pape Pie XII, qui me semblait être une figure hiératique, comme miné par la foi, ou malade.

Dans les ruelles, dans les quartiers, il y avait encore sur les murs les traces du conflit, de la guerre, malgré les années passées.

La ville me parut majestueuse, mais j'y vis plus de mendiants qu'à Naples. Simon essayait de nous expliquer que l'Italie était une et triple : le Sud, qu'il préférait à cause de la chaleur humaine, le centre avec le Vatican, peuplé de gens de toutes provenances, même d'émigrés intérieurs, et le Nord, plus riche et plus froid, d'un point de vue humain, même. Mais toute l'Italie était belle et l'avocat nous précisa que les Juifs étaient à Rome, avant les Romains. Il nous montra aussi le ghetto, la grande synagogue que j'avais déjà visitée de mon côté, mais, en la voyant, j'avais eu envie de pleurer, j'avais eu un sentiment d'égarement au cœur même du catholicisme. J'éprouvais une douloureuse nostalgie pour ma famille d'origine, comme durant la fête de Pâques en Grèce. Judit et David me manquaient et je me promis d'aller les revoir au plus vite.

Simon et Lili préparaient les papiers pour leur mariage civil. Lui, il faisait des allées et venues entre Rome et la Sicile, elle, elle était calme et sereine, ils donnaient l'impression d'être un vieux couple soudé et ils murmuraient entre eux plus qu'ils ne se parlaient. Elle avait un regard humide, de chien fidèle, et lui, de petite taille, grassouillet, était plus rassurant que beau, mais de tous deux émanaient paix et sérénité, formant un lien naturel, comme s'ils s'étaient connus toute leur vie, et non pas depuis quelques mois. Elle sentait le lit, la sexualité évidente, avec sa peau ambrée et comme moite d'huile et de sueur d'amour.

Il portait toujours des vêtements clairs, bien rasé et parfumé, avec des cheveux plaqués et bien peignés sur sa petite tête, comme un enfant privilégié et soigné.

Dans l'appartement romain qu'il possédait, elle gardait toujours le lit et elle mangeait d'un air apathique et indifférent. Être auprès d'elle revenait à être seul, la comprendre était impossible, elle avait du mal à parler, elle ne sortait que quand Simon était de retour. Les autres jours, elle gisait comme anesthésiée, se désintéressant de tout, et je ne comprenais même pas comment elle s'était retrouvée dans cette compagnie de danse, où elle se mouvait en scène comme une somnambule hypnotisée.

— Comment s'appelle ton petit ? lui demandai-je.

— Simon, me répondit-elle avec un souffle de voix.

Était-ce ce prénom, Simon, qui l'avait liée à cet homme d'un certain âge ? Était-il célibataire ou divorcé ? Avait-il des enfants ? Je ne savais rien de lui, elle était seule à savoir quelque chose. Eux, c'étaient des tombeaux, d'où sortaient des chuchotis, alors que j'étouffais si je ne parlais pas à quelqu'un, si je ne faisais pas quelque chose. Me sentant totalement inutile, je m'inscrivis à un cours d'anglais, et une vieille fille, comme la demoiselle qui donnait des leçons de piano à ma sœur Sara, m'enseignait la grammaire italienne et tous ces "*ebbi*", "*ebbero*", "*fossero*", "*fossi*", "*fu*"[01] me rendaient folle.

L'anglais, je le connaissais déjà assez bien, et on me mit dans le cours le plus avancé, ce que je ne voulais pas, et mon premier devoir porta sur *Macbeth* de Shakespeare.

Je repris enfin mon petit cahier, que j'avais abandonné, et j'ai commencé à écrire en italien : "*Sono nata in un piccolo villaggio ungherese*[02]..."

L'attente des papiers n'en finissait pas et Lili suivit Simon en Sicile. Je me retrouvai dans une chambre meublée à deux pas de la piazza di Spagna, pour un loyer de seize mille lires par mois plus deux cents lires par douche. La pièce était sombre et donnait sur une cour intérieure où des rats rôdaient entre les poubelles. Dans le

01 — "Eus", "eurent", "furent", "fus", "fut". Le passé simple est une des difficultés de la grammaire italienne.
02 — Je suis née dans un petit village hongrois.

vestibule trônaient les images du pape Pie XII, du roi Umberto et de Mussolini. La patronne, madame Ida, me scrutait comme si je venais d'une autre planète. Avec sa voix rauque, à la bronchite chronique, elle me suivait partout, elle était d'une curiosité maladive. Elle papotait le soir avec sa fille et son mari si doux, puis ils allaient tous les trois au bar d'en face que dominait le téléviseur, qu'on achetait à tempérament comme l'aspirateur et la machine à laver. Le soir, toute seule, sous l'ampoule du plafonnier, à la lumière avare, j'écrivais jusqu'à ce que m'interrompe madame Ida, de retour du bar, qui me grondait, me disant de manger, dîner avec eux, ou de sortir et d'aller chez Otello, via della Croce, que fréquentaient les gens du cinéma.

— Vous êtes une jolie demoiselle, sortez, montrez-vous en public, on vous fera peut-être faire des films. Que faites-vous à rester enfermée à écrire, à vous aveugler ?

Au bout de quelque temps, j'ai fini par l'écouter et je les ai accompagnés pour manger de la soupe aux haricots secs et au chou, ou j'allais chez Otello où les tables étaient réunies de part et d'autre de la salle et où on n'était pas seul.

Un jour, je me suis retrouvée assise près d'un certain Tonino, dont le patronyme, ai-je appris plus tard, était Cervi[01], en compagnie d'une

01 — Antonio Cervi (1929-2002) était le fils du célèbre acteur Gino Cervi (qui a incarné le Peppone des *Don Camillo*).

dame élégante, très bien coiffée, qui sentait la laque. Elle me tendit sa main soignée et me dit qu'elle s'appelait Nadia. Je sus bientôt que c'était une célèbre couturière. Elle me demanda quelles langues je parlais en plus de l'italien, qui commençait à s'améliorer.

— L'anglais, l'allemand et un peu le français.

— Parfait ! s'exclama-t-elle, en regardant Tonino et en lui disant que je pourrais remplacer Sylvie. Si j'étais libre, elle pouvait m'engager.

— Oui, oui, répondis-je.

Les jours suivants, je travaillais dans un institut de beauté de la via dei Condotti, dans le rôle de directrice, à la place de cette Sylvie, une Française qui était rentrée à Paris.

Pendant un certain temps, j'écoutai les instructions de madame G., quant au comportement à avoir avec les clientes. Elle avait un ton toujours désagréable. Elle avait ouvert cet institut de beauté désormais connu, en s'associant à un jeune coiffeur aux mains d'or, qu'elle avait découvert.

Elle faisait chaque jour la liste de mes tâches : m'occuper de la caisse, du téléphone, des rendez-vous, des peignoirs pour les clientes, des revues, des commandes, du bar, de la vente dans la boutique, des renouvellements du matériel,

---

Réalisateur et producteur notamment de films de Michelangelo Antonioni, Federico Fellini, Bernardo Bertolucci.

de la surveillance du personnel, de la recette chaque soir. Je devais aussi m'entretenir avec la clientèle, selon son importance, dans l'attente du coup de peigne des mains d'or, prendre des gants pour accueillir les acteurs, les actrices, les princesses, les top models, les fiancées entretenues haut de gamme, les petites danseuses de variétés, et surtout, la princesse Torlonia[01] et Paola Ruffo di Calabria[02], Valentina Cortese et Anna Magnani, qui avait le visage le plus intense que j'aie jamais connu.

— Fais attendre les nouveaux riches et les péquenauds. Tu as tout compris ? Tu as tout compris ? Pourquoi me regardes-tu sans rien dire ? Tu es effrayée ? Si tu fais bien ton travail, tu resteras. Sinon, tu t'en vas. Ici, tu travailles pour le gratin. Sache te comporter. Si Mastroianni ou une autre star du cinéma doit se teindre les cheveux pour les besoins d'un film, tu resteras ici à sa disposition après la fermeture. C'est clair ? Tu as compris ? répétait-elle.

— Oui, madame.

— Oui, madame mon cul oui, avec ce ton de petite orpheline...

C'est peu dire que j'étais bouleversée, j'aurais mille fois préféré un patron à une patronne. Les

01 — Anna Maria del Drago (1930-2009).

02 — La princesse Paola (née en 1937), future reine des Belges (de 1993 à 2013), épouse du futur roi Albert II.

femmes étaient pires que les hommes dans les camps, mais quatre-vingt mille lires par mois pour moi, c'était considérable. Le travail aussi était considérable, au moins douze heures sinon plus, si des célébrités se présentaient. C'est là que j'ai fait la connaissance de Delia Scala[01], Franca Valeri[02], Lea Massari, Sandra Milo, Flora Mastroianni, Zsa Zsa Gabor, la princesse Margaret d'Angleterre, Elsa Martinelli et beaucoup de dames, intimes de madame G., qui se prétendait socialiste.

Ce n'est que le dimanche que je pouvais retourner à l'écriture, pendant la semaine je devais courir d'un bout à l'autre de l'institut, entre les différents services que nous assurions. Le soir, les pieds gonflés et le corps courbaturé, je m'écroulais après un thé et un morceau de pain, comme quand j'étais petite. Parfois j'allais manger chez Otello pour mille lires, comme en famille, car j'avais sympathisé avec la femme et les filles du restaurateur. Je me liai aussi avec une employée hollandaise de l'institut, où elle avait vendu ses longs et splendides cheveux pour en faire des postiches que nous confectionnions pour hommes et pour femmes.

01 — Odette Bedogni (1929-2004). Danseuse, chanteuse de variétés et actrice, présentatrice de télévision.
02 — (1920-2020) Très célèbre actrice et auteur comique, de music-hall, de théâtre et de cinéma. Les autres, bien sûr à l'exception de la princesse Margaret, sont des actrices aux renommées en général internationales.

L'Italie caracolait à l'époque vers le fameux boom, et les recettes que je calculais chaque soir tournaient autour de deux millions. Sinon que moi, je ne suivais plus le rythme, je ne digérais plus tout cela. Quand j'arrivais, en fin de matinée, madame G. m'accueillait ainsi :

— Face de merde, va donc te maquiller !

Tout le monde la redoutait à cause de son langage ordurier et de son caractère insupportable : tout en ayant des côtés généreux, elle était malheureuse en amour, murmurait-on.

L'arrogance d'Elsa Martinelli[01] me blessait. Trépignant, elle me rappelait que mon devoir était de l'appeler "Comtesse Mancinelli Scotti".

Tout le monde ignorait qui j'étais, quel avait été mon passé, quelles épreuves j'avais endurées. De temps à autre, madame G. me rabrouait si je ne me montrais pas assez souriante avec les clients, ou si j'étais submergée de tristesse, ce que j'aurais dû contrôler, de même que je devais supporter les vexations humiliantes. Souvent elle me demandait :

— Qu'est-ce que c'est que cette face d'enterrement ? Ici tu dois sourire, que tu le veuilles ou non ! Et tes problèmes, tu les laisses à la porte. Ces connes, à part quelques

01 — De son vrai nom Elsa Tia (1935-2017), Elsa Martinelli a fait une importante carrière italienne et internationale au cinéma. Elle a épousé en 1957 le comte Franco Mancinelli Scotti di San Vito. Elle s'est remariée en 1968 avec le photographe de stars Willy Rizzo.

vraies dames, doivent être dorlotées. C'est clair ?

Chez Otello, j'avais rencontré, il y avait déjà longtemps, un émigré arménien qui était critique littéraire, et c'était la première fois que je le voyais avec un homme qu'il me présenta comme un poète et cinéaste. Cet inconnu m'interrogea aussitôt sur le livre que j'étais en train d'écrire. Je me plongeai dans son visage, dans ses yeux érudits, je fixai sa bouche charnue, je bus ses paroles avec son "r" aristocratique que j'aurais voulu toujours entendre, ses mains agitées à la paume tendre, délicate, que j'aurais voulu toujours sentir entre les miennes, son beau visage marqué et fragile, que je ne pourrais oublier, un homme qui est entré aussitôt dans mon âme, qui m'a vidée de toute énergie, en faisant trembler mes genoux. Une impression si immédiate, irrationnelle, totale me fit peur, surtout à l'égard d'un inconnu dont je ne connaissais même pas le nom, qui m'avait échappé, car son être m'avait comme étourdie, et je compris que je m'enfonçais dans quelque chose d'inexplicable dont je ne remonterais plus.

Nelo, l'homme élu parmi des millions d'hommes, se donnait à moi et disparaissait. Me cherchait et m'abandonnait. Me voulait et ne me voulait pas.

Entre les “non” inattendus et les “oui” attendus, le temps avec lui semblait se dilater comme dans une prison d’où ni moi ni lui ne nous libérerions plus dès lors, durant les soixante années de joie, de passion, de souffrance, de tendresse, de patience, de douleur, en nous aimant en bonne santé et à travers les maladies, jusqu’à son dernier souffle entre mes bras.

Peu après le début de notre vie commune, il m’a demandé d’abandonner l’institut de beauté où l’on avait découvert, dans des magazines, des critiques de mon premier livre qui venait de sortir. Elsa Martinelli était accourue pour montrer à madame G. ma photo en couverture d’un hebdomadaire grand public et l’animatrice Delia Scala, un reportage avec des photos de ma famille, celles que j’avais retrouvées après la guerre dans le fumier qui débordait au-delà de la clôture de notre cour.

— Pourquoi ne m’as-tu rien raconté de ton passé ? Tu es vraiment une conne ! hurla madame G. Tu n’as même pas dit que tu écrivais. Tu n’as pas dit qui tu étais. Une vraie conne !

— Je m’en vais. Donnez-moi mon solde.

— Quoi ? Tu n’as même pas ton permis de travail. Je vais te faire expulser d’Italie !

— J’ai droit à mon solde, lui répondis-je sur un ton ferme, avec un regard qui valait un jugement.

Elle sembla comprendre, elle baissa les yeux et dit :

— D'accord, d'accord, va voir Giorgio, le comptable. Il te donnera quelque chose.

Il me donna en réalité le tiers de ce qu'ils me devaient.

Dès que je fus rentrée, mon compagnon m'accabla de reproches :

— N'accepte jamais d'être exploitée et humiliée. Peux-tu m'expliquer pourquoi tu n'es pas partie avant ?

— C'est que j'avais besoin de gagner ma vie.

— Ce qui prime sur tout, c'est ta dignité et ta liberté.

— Des mots en l'air...

Vint le jour de notre mariage, célébré au Capitole par Francesco Fausto Nitti[01], un des fondateurs du parti *Giustizia e Libertà*.

Après la brève cérémonie, chacun de nous a repris son travail, lui ses poésies et le montage

01 — (1899-1974) Une des grandes figures de l'antifascisme. Après avoir été assigné à résidence, il a pu s'échapper avec d'autres militants hostiles au régime mussolinien et a longuement vécu en France où il s'est exilé. Après avoir participé à la guerre d'Espagne contre Franco, il a été interné et a été libéré à la suite d'une grève de la faim, puis a pu participer à la Résistance française, et a été déporté à Dachau. Après la guerre, il a été conseiller municipal à Rome, et c'est à ce titre qu'il a marié l'auteur et Nelo Risi. C'est en 1929 que le mouvement antifasciste *Giustizia e Libertà* a été fondé par les frères Rosselli (cousins d'Alberto Moravia), l'écrivain Emilio Lussu et Francesco Fausto Nitti.

d'un film ou d'un documentaire, et moi, dès lors, l'une de mes très nombreuses activités : journalisme, télévision, romans, poèmes, cinéma, témoignages sur la Shoah. Voyages pour revoir les rares membres de ma famille, dont beaucoup ont maintenant disparu, dans les différents coins du monde, avec une éternelle nostalgie pour Israël, dans une nouvelle diaspora : Mirjam à Brooklyn, Judit, que j'ai rejointe dans les lieux de ses va-et-vient entre l'Argentine et l'Amérique avant qu'elle ne veuille être enterrée en Terre promise, où elle est retournée mourir, Sara qui me demanda de lui pardonner sa gifle au bout de vingt ans, et qui repose en Argentine, David qui se trouve sous la terre rouge-rouille du Brésil. Leurs enfants sont également dispersés.

La très belle fille de Judit, Deborah, née neuf ans après Haïm, c'est, à en croire ma sœur, jumelle dans l'au-delà, Dieu lui-même qui la lui a donnée, pour faire survivre au moins le prénom de notre mère et le destin bienveillant qui a voulu qu'elle vienne vivre à Rome, près de moi.

— Tu as des livres, mais tu n'as pas d'enfants, me disait Judit à chacune de ses visites à Rome, comme si, en comparaison de ses enfants, les livres n'étaient rien.

— Mes livres sont aussi des enfants ! répondais-je, en prévoyant son regard qui disait “pauvre petite”.

En fille adoptive de l'Italie, qui m'a donné beaucoup plus que le pain quotidien, et je ne peux que lui en être reconnaissante, je suis aujourd'hui profondément troublée pour mon pays et pour l'Europe, où souffle un vent pollué par de nouveaux fascismes, racismes, nationalismes, antisémitismes, que je ressens doublement : des plantes vénéneuses qui n'ont jamais été éradiquées et où poussent de nouvelles branches, des feuilles que le peuple dupé mange, en écoutant les voix qui hurlent en son nom, affamé qu'il est d'identité forte, revendiquée à cor et à cri, italianité pure, blanche… Quelle tristesse, quel danger !

Mon identité même s'est secouée ces derniers temps, et au lieu de jouir de mes titres *honoris causa,* de mes honneurs, de mon élection à l'Académie hongroise, j'ai perçu en moi un sentiment nouveau. Un ressentiment ? Peut-être envers le monde qui, autrefois assassin, m'avait exclue de la communauté civile et avait voulu me supprimer.

Et je me demandais : “Tout cela, est-ce destiné à l'écrivain, ou bien est-ce une sorte de rachat pour la survivante de la part de ceux qui ne me doivent rien ?”

J'avais du mal à me reconnaître, où que je sois, au cours des cérémonies, et je me demandais qui j'étais au milieu de cette foule, de ces applaudissements, de ces orateurs, ministres, recteurs, professeurs, présidents de région, maires, évêques, membres de la Croix-Rouge, pompiers, carabiniers, volontaires, musiciens, citoyens, et selfies, selfies, selfies...

“De qui te parlent-ils ?”, me demandais-je.

Gênée, émue, dédoublée, scindée par moi-même et peut-être heureuse de ce que j’étais en train de vivre, pendant que je marchais sur le tapis rouge, je fus prise d’une nostalgie douloureuse pour la petite fille aux pieds nus que j’avais été, courant dans la tiède poussière du printemps, dans la ruelle Six-Maisons où j’avais été MOI, sans passé, rien qu’avec un avenir, il y a de ça une vie. Et non l’héroïne d’une espèce de conte, aux côtés d’un recteur à col d’hermine, et moi en toge noire, avec un bavoir blanc de fillette privilégiée.

Si j’y pense, cela me semble le plus beau jeu auquel j’aie jamais joué.

Lettre à Dieu

Depuis la première lettre que j'avais pensé T'écrire à l'âge de neuf ans, quatre-vingts autres sont passés ! Et je me suis sentie rougir, aussi bien à cette époque qu'il y a deux nuits, pour cette même idée qui ne m'a jamais abandonnée.

Cela me semblait être un blasphème que je n'avais jamais prononcé, peut-être un manque de pudeur ou une folie lucide. Mais maintenant je T'écris vraiment, tant que je vois.

Je T'écris à Toi qui ne liras jamais mes gribouillis, ne répondras jamais à mes questions, à mes pensées ruminées pendant toute une vie.

Des pensées élémentaires, petites, celles de l'enfant qui est en moi, qui n'ont pas grandi avec moi et n'ont pas vieilli avec moi, et n'ont donc pas beaucoup changé. Peut-être que je ressens une urgence à mettre sur la page ce que j'ai accumulé dans mon esprit parce que le destin est en train de me priver de la vie. J'ai déjà de la peine à déchiffrer mon écriture tordue et les lignes ivres, mais j'ai hâte, le temps presse. Je constate que chaque mot et chaque ligne tendent vers le haut de plus en plus et qui sait si elle n'arrivera pas jusqu'à Toi, que

Tu sois là ou que Tu sois fait de silence, d'invisibilité et sans image pour Ton peuple auquel j'appartiens. Fille d'une mère qui ne T'a pas plus adressé la parole à Toi qu'à ses six enfants et à un mari coupable parce que pauvre.

Enfants que, selon ma mère, Tu lui as donnés, Toi, et elle s'adressait à Toi en Te demandant tout : des chaussures, des manteaux, de la farine, de la viande pour shabbat, et du sucre à la place de la saccharine pour notre thé au dîner. Il n'y avait rien qu'elle ne Te demandât : du bois pour le poêle froid, un toit nouveau pour la maison, un printemps précoce, un hiver moins rigoureux et des bottes pour papa, et que la boue argileuse ne lui arrache pas les semelles pendant ses voyages d'affaires, et qu'il ne rentre pas, comme presque toujours, les mains vides.

Je T'avoue que ses requêtes m'agaçaient, que me mettaient hors de moi les discours continuels qu'elle T'adressait, à Toi qui ne l'as jamais aidée, pas même à faire passer sa constipation et toute rouge dans l'effort, elle me serrait les mains en T'évoquant.

Je pensais que dans cette cabine en bois pourri elle n'aurait même pas dû Te nommer.

Mais elle disait que Tu étais partout, mais si Tu étais partout en étant le Seul Unique, si Tu étais n'importe où, Tu n'étais nulle part, car un est un. Compter, je le savais déjà avant l'école primaire, et je savais même lire et écrire. J'ai toujours écrit et quand je ne pouvais pas, petite, parce que mon seul cahier, c'est l'école qui me le donnait, j'écrivais en pensée à tout le monde, y compris à Toi. À mon père qui n'a jamais joué avec moi et qui, la première fois qu'il m'a embrassée, était en uniforme et partait pour la guerre. Je le voyais tout triste, mais il me semblait se tenir plus droit que d'habitude, plus beau, plus grand contrairement à maman qui s'était recroquevillée sur elle-même.

Une année s'était peut-être écoulée depuis le premier baiser paternel, et le second, il me le donna à son retour, sombre, abattu, transpirant et vieilli, il se sentait humilié parce qu'on l'avait chassé de l'armée, en tant que Juif. Dans mes pensées muettes au lit, j'ai également écrit à maman, en lui disant que papa disait souvent des choses justes, alors qu'à ses yeux, à elle, il n'en était rien, comme si un père pauvre ne pouvait jamais avoir raison. Elle lui refusait même la paternité en répétant que nous, ses enfants, c'était Toi qui les lui avais donnés. Et elle en avait mis au monde autant que Tu en avais voulu.

Dans mes lettres imaginaires, j'avais demandé à maman pourquoi, si papa n'était pour rien dans notre naissance, il avait le devoir de nous nourrir ?

En revanche, à Toi, j'ai pensé chaque soir de ma vie. Je T'interrogeais sur toutes sortes de choses, mais je n'ai jamais entendu Ta voix, à l'inverse de Moïse qui l'a entendue, Tu n'as jamais daigné me donner une seule réponse, pas plus qu'à ma mère malgré sa foi inébranlable en Toi. Contrairement à moi, qui doutais et qui étais à la merci du petit village depuis que j'avais ouvert les yeux sur le monde qui nous était hostile, comme la chose la plus naturelle qui soit. Et si Tu voyais tout, si Tu étais tout, yeux, oreilles, comment n'as-Tu pas vu notre épreuve ? Tu sais ce que faisait mon père pour survivre : avec une charrette prêtée, il transportait dans la ville voisine, pour des tiers, des volatiles de basse-cour, des veaux et même parfois des porcs qui faisaient frissonner maman. Il partait de nuit pour arriver là-bas à l'aube et il rentrait accablé plus que triomphant, parce qu'il cédait au premier acheteur, étant nul en affaires. Comme il était Juif, tout le monde le croyait malin, mais il était impatient et se contentait du profit minimal. De plus, c'était un brave homme, un rêveur, se promettant et nous promettant qu'un jour il aurait un chariot rien qu'à lui, avec au moins un cheval.

Je me demande depuis toujours, et je n'ai pas encore la réponse, à quoi servent les prières si elles ne changent rien ni personne, si Tu ne peux rien faire et si Tu n'entends pas, ne vois pas ou si Tu es l'invention d'un esprit supérieur, inimaginable, à moins que ce ne soit Toi qui T'es inventé Toi-même ? Moi, qui ai toujours écrit d'un jet, jour après jour, maintenant je m'arrête soudain la main suspendue ou le regard fixe dans le vide, c'est dans le vide que je Te cherche.

Nous n'avons, nous, ni Purgatoire ni Paradis, mais l'Enfer, je l'ai connu, où le doigt de Mengele indiquait la gauche qui était le feu et la droite qui était l'agonie du travail forcé, les expérimentations et la mort de faim et de froid.

Les cas de survie sont advenus sans mérite, ou si ça se trouve, aux dépens de la vie d'autrui, ou au service de l'ennemi. Pourquoi n'as-tu pas brisé ce doigt ? Dans la chapelle Sixtine, Tu tends le Tien vers Adam – homme en hébreu – sans l'effleurer comme ce médecin qui était le Oui et le Non, en prenant Ta place, Tu as permis qu'il Te remplace ! Et qu'il dirige cet index de feu contre des millions d'innocents qui T'invoquaient et T'adoraient comme ma mère. Tu ne craignais pas qu'ils Te renient ou alors Tu avais retourné le doigt contre Toi-même en suivant le destin de Ton peuple élu ? Nous, une fois sortis de cet Enfer, nous avons été abandonnés à nous-mêmes, mais Tu n'es pas mortel : n'es-Tu pas Notre Éternel Unique ? Paroles en l'air, consolatrices, faites d'espoir, nécessaires comme le pain pour qui a faim, et le monde ne manque pas de faim, pas plus qu'il ne manque d'abondance pour quelques-uns.

La justice est un mot qui devrait disparaître des dictionnaires et il ne devrait pas être prononcé en vain, pas plus que Ton nom. Mais Tu en as tellement, de noms, et ma bouche aussi laisse échapper parfois “mon Dieu !”, mais dans un chuchotis, quand le Mal est trop insupportable et quand je suis indignée de ce qui est arrivé, arrive et arrivera.

Tout se répète. Toi aussi, Tu es l’Unique Infinie Répétition, le plus grand mystère qui existe, s’il existe, telle est la question qui n’aura jamais de réponse, ou l’on Te croit aveuglément ou l’on doute de Toi lucidement, ou la question reste en suspens entre moi et moi.

Oh, Toi, Grand Silence, si Tu connaissais mes peurs, de tout, mais pas de Toi. Si j’ai survécu, ça doit avoir un sens, non ?

Je Te prie, pour la première fois je Te demande quelque chose : la mémoire, qui est mon pain quotidien, pour moi, infidèle fidèle, ne me laisse pas dans le noir, j’ai encore à éclairer quelques jeunes consciences dans les écoles et dans les amphis universitaires où, en qualité de témoin, je raconte mon expérience depuis une vie entière. Où les questions les plus fréquentes sont au nombre de trois : si je crois en Toi, si je pardonne le Mal et si je hais mes tortionnaires. À la première question, je rougis comme si on me demandait de me déshabiller, à la deuxième j’explique qu’un Juif ne peut pardonner qu’en son propre nom, mais que je n’en suis pas capable parce que je pense aux autres, qui ont été exterminés, et qui ne me pardonneraient pas, à moi. Ce n’est qu’à la troisième que je peux apporter une réponse certaine : pitié oui, envers n'importe qui, haine jamais, c'est pour ça que je suis saine et sauve, orpheline, libre et c'est ce dont je Te remercie, dans la Bible *Hashem*, dans la prière *Adonai*, et dans la vie de tous les jours, Dieu.

NOTE SUR LE TEXTE

Au premier signe d'une amnésie soudaine, qui pour n'importe qui aurait été normale, ne serait-ce qu'à cause de l'âge, j'ai été terrassée. J'étouffais, comme si j'étais en train de perdre la vie même.

— Toi, comment écris-tu ? Comment écris-tu ? demandais-je, alarmée, à Olga, l'Ukrainienne qui, après le décès de mon mari bien-aimé, est restée auprès de moi, qui étais incapable de vivre seule.

Elle était devenue ma chère sœur.

— J'écris au stylo, répondait-elle sans comprendre mon regard perdu.

— J'écris à la main, moi, puis je tape à la machine, sur ma vieille Olivetti. Mais toi, sur quoi tu écris ?

Je cherchais le mot enfoui dans mon esprit lucide, à la mémoire légendaire.

"L'ordinateur". Elle a prononcé ce mot qui m'avait échappé, peut-être parce que je ne me sers pas de cette machine.

Bien que j'aie été, sur le moment, épouvantée, je décidai de survoler, rétrospectivement, mon existence, à temps, étant au bord de la fin, derrière la porte, avec mon ancienne vue de lynx agressée par la dégénérescence maculaire. Et aujourd'hui, mon long chemin me semble à moi-même invraisemblable, un conte dans la “forêt obscure” du XXe siècle, avec sa longue ombre sur le troisième millénaire.

Je remercie Olga Ushchak, mon ange gardien, et Eugenio Murrali, jeune écrivain, qui m’ont donné leurs mains, leurs yeux et leur patiente assistance, pour transcrire mon manuscrit sur leur ordinateur.

Un merci tout spécial à ma précieuse et attentive lectrice Michela Meschini. Le destin bienveillant nous a rapprochées, à l’Université de Macerata, où elle travaille, sans jamais plus nous éloigner l’une de l’autre.

Les vers de Nelo Risi, cités en exergue, sont tirés de *La neve nell’armadio (La Neige dans l’armoire)*, paru une première fois dans *Dentro la sostanza* (Mondadori, 1965) et repris dans le recueil de ses œuvres complètes, *Tutte le poesie* (Mondadori, 2020, p. 93).

RÉALISATION : NORD COMPO À VILLENEUVE-D'ASCQ
IMPRIMERIE NORMANDIE ROTO SAS À LONRAY
DÉPÔT LÉGAL : JANVIER 2021. N° 148999 (2104677)
IMPRIMÉ EN FRANCE